MAXI

1.ª edición: marzo 2015

© Milena Busquets, 2008
© Ediciones B, S. A., 2015
para el sello B de Bolsillo
Consell de Cent, 425-427 - 08009 Barcelona (España)
www.edicionesb.com

Printed in Spain
ISBN: 978-84-9070-084-6
DL B 3559-2015

Impreso por LIBERDÚPLEX, S.L.U.
Ctra. BV 2249 Km 7,4 Polígono Torrentfondo
08791 - Sant Llorenç d'Hortons (Barcelona)

Hoy he conocido a alguien

Milena Busquets

MAXI

«Nos pasamos la vida entera acercándonos y tomando distancias, en un vaivén continuo, respecto a uno mismo, a nuestros amores, a cosas menos importantes», pensó Ginebra mientras esperaba que la clienta saliera del probador. «Un movimiento que se repite idéntico, primero una carrera hacia delante, a toda velocidad —siempre es a toda velocidad—, el vértigo, la cúspide de intensidad, y luego la marcha atrás, cuando la luz se ha apagado o la estamos apagando nosotros o la ha apagado otro dejándonos a oscuras; cuando aquello que nos parecía único, importantísimo, excepcional, pasa a ser un capítulo más de nuestra vida, algo, por otra parte, que le ha pasado a casi todo el mundo —esto le ha pasado a todo el mundo, no te preocupes—, que ha sido narrado en multitud de novelas y de películas, unos sentimientos que podemos considerar sin que nos importen demasiado, mirar de lejos, sentimientos en ocasiones ya apenas recordados. Tal vez persistan más los hechos, las frases, y uno empiece a olvidar lo que sintió —el vértigo, la puñalada, el sol inundando la habitación, el suelo abriéndose bajo los pies— en cuanto deja de sentirlo. Esto me pasó a mí, fue así, ocurrió de este modo. ¿O quizá no? ¿Hasta qué punto uno olvida o modifica los recuerdos —lo que sintió en un momento dado— precisamente para que se puedan convertir en esto, en recuerdos, temas de conversación, historias que ya no molestan, ni mueven nada, para estar siempre en el futuro, a la espera de lo que puede suceder, en la línea de salida, siempre con prisa, siempre impaciente por que algo ocurra, algo distinto, nuevo, definitivo, trepidante? Y siempre ocurre.»

Ginebra tenía veintisiete años y sólo experimentaba nostalgia por el futuro y por lo que podía suceder, y todavía podía suceder todo. Era algo tan obvio que ni siquiera se lo planteaba. Le parecía un hecho irrefutable que su vida era un potencial casi ilimitado. Hay personas que viven en el pasado, personas —no demasiadas: los niños muy pequeños, los adultos cuando son intensamente felices— que viven en el presente y personas que viven en el futuro. O quizá todos estemos a ratos en un tiempo y a ratos en otro, según las circunstancias, o en dos a la vez, hasta el final en que, si hemos vivido lo suficiente, sólo nos quedamos definitivamente en uno, en el pasado. En el pasado de Ginebra había muchos amigos, un ex novio formal, algunos novietes y algunos muertos reales, relegados todos allí por diversas razones; personas que ya sólo existían como recuerdos muy lejanos (a menudo más vivos los muertos que los vivos), a las que raramente volvía y a las que apenas reconocía cuando se cruzaba casualmente con ellas en el presente. En el presente estaban sus padres muertos, su hermano vivo, algunos amigos, y muchos personajes en tránsito hacia el pasado, o acaso también hacia el futuro, o sólo de paso hacia ningún sitio.

—¿Qué te parece, Ginebra?

La señora salió del probador. Una mujer mayor, guapa. La expresión «todavía guapa» le parecía a Ginebra una impertinencia: había viejos y viejas guapísimos, pocos quizá, pero tampoco abundaban los jóvenes realmente guapos; la verdadera belleza (la de Grace Kelly, por ejemplo, entrando por la puerta en *La ventana indiscreta* y lanzando el abrigo encima del sofá), como la verdadera inteligencia (que ella sólo concebía unida a cierta dosis de bondad) eran cualidades poco frecuentes, excepcionales.

La señora Ofelia Verdi era una burguesa estirada, autoritaria y distante, un tipo de mujer que por lo general no despertaba muchas simpatías, pero que a Ginebra le hacía gracia, quizá porque le recordaba a su propia abuela o porque pensaba que ella nunca acabaría así. Según Ginebra, que siempre tenía teorías para todo, la señora Verdi era una especie en vías de extinción. Aunque mediara una gran diferencia de edad entre ellas, y aunque el mundo en que nacieron las mujeres como la señora Verdi no tuviera nada que ver con el suyo (aunque en cierto modo fueran el mismo), Ginebra las reconocía al instante sin vacilar, y ellas a ella también, y la simpatía solía ser recíproca —dentro de lo que cabe en unas mujeres poco dadas a las muestras de simpatía o de afecto— e inmediata. Eran mujeres acostumbradas desde siempre a tenerlo todo, a mandar sin que nadie les replicara, a medir con precisión las distancias con los demás y a arrogarse un protagonismo absoluto, pero cuya vida había sido ya lo bastante larga para haberlo visto y quizá sufrido (aunque de esto último jamás se hablaba) casi todo, lo cual les permitía mirar el mundo desde lejos, con bastante mala leche y mucha ironía. Por lo general no consideraban necesario ser simpáticas ni bondadosas. De hecho, Ofelia decía que desde que la bondad se había puesto de moda, la vida social se había vuelto un aburrimiento y ya casi ni valía la pena montar cenas.

—La gente tiene pavor a pelearse hoy en día. En mi época nos encantaba. Supongo que éramos menos hipócritas y perezosos —exclamó en una ocasión.

—Tienes toda la razón —contestó Ginebra, muerta de risa—, los jóvenes de hoy en día sólo queremos ser felices.

—Mejor sería que os preocuparais menos por la felicidad y que madurarais antes, os ahorraríais muchos disgustos.

La señora Verdi era el tipo de cliente para el que le gustaba trabajar, aunque pensase que en realidad una mujer como aquélla no la necesitaba a ella para nada. Además eran amigas, o Ginebra creía que lo eran —Ofelia había sido amiga de la madre de Ginebra y la conocía a ella desde niña—, de modo que en más de una ocasión le había propuesto seguir haciendo lo que hacía —acompañarla de compras, opinar sobre lo que adquiría, pensar en ella cuando veía algo que le podía gustar, escucharla— sin cobrar, pero la señora Verdi se había negado siempre.

—Querida, muchas gracias, pero de eso ni hablar. Es tu trabajo y sé lo ocupada que estás y lo caro que es tu tiempo y las muchas personas a las que les dices que no. Un trabajo es un trabajo, no se hace gratis.

Ginebra era estilista, una de las pocas de la ciudad, y, pese a su juventud, una de las mejores. Su trabajo consistía tanto en elegir lo que se iban a poner las modelos en una sesión de fotos para una revista de moda, como en decidir la ropa que vestiría un ama de casa en un anuncio de detergentes, o en asesorar personalmente y por una cantidad considerable de dinero a hombres y mujeres que lo necesitasen y estuviesen dispuestos a pagar el precio. Decidir lo que iban a ponerse unas modelos —y lo que, por consiguiente, se acabarían poniendo la mayoría de mujeres— era divertido, pero trabajar directamente con gente concreta, disfrazarlos de aquello que en la vida real querían ser, descubrirles que podían ser incluso más, ser mejores o diferentes, o ser otros —algunos querían ser otros, aunque casi todos estaban encantados con ser quienes eran, o quienes creían ser—, transformarlos, o en ocasiones sólo interpretarlos, lograr que se sintieran atractivos y felices, le encantaba.

Ginebra había estudiado arquitectura, pero no llegó a licenciarse. Algún profesor había lamentado amargamente que decidiese al final dedicarse a su verdadera pasión, la moda, y abandonara una carrera para la que parecía tener talento. Su abuelo y después su madre habían sido arquitectos, y, un poco porque tenía facilidad para el dibujo y para organizar espacios, pero sobre todo por amor a ellos y como una especie de homenaje, y dado que obviamente su hermano no iba a seguir ese camino, empezó a estudiar arquitectura.

—Date la vuelta. Me gusta mucho, es precioso —dijo Ginebra.

La señora Verdi se estaba probando un largo abrigo de astracán negro, con cinturón, que contrastaba maravillosamente con su cabello pelirrojo, su tez blanquísima y sus ojitos azul pálido de malvada de película. Llevaba las uñas pintadas de un naranja rojizo, y los dedos huesudos, delgados, transparentes y afilados parecían garras. Por un instante, Ginebra los imaginó rasgando la piel de alguien, haciendo brotar la sangre, o clavados en el corazón. Debajo del abrigo llevaba tejanos y una camisa de seda violeta, y calzaba unas zapatillas deportivas blancas, que usaba a menudo, porque el médico le había indicado que tenía que andar y ése era el mejor calzado para patear la ciudad, la marca también se la había recomendado el médico. Por la mañana, la señora Verdi le pasaba al chófer el itinerario que pensaba recorrer aquel día, y el coche la iba siguiendo por la ciudad por si en algún momento se cansaba o necesitaba algo.

Ginebra sospechaba que la había contratado como estilista personal simplemente para disponer de alguien con quien ir de compras y charlar. La señora Verdi tenía cinco hijos varones y, como ella misma decía, todos sabemos que los hombres sólo van de compras con sus amantes, y muy al principio de la relación, o excepcionalmente con sus hijas, si han sido padres ya mayores, o con sus nietas, si son abuelos entregados. Sus amigas de toda la vida la aburrían, o estaban demasiado viejas para seguir su ritmo, o las había maltratado tanto que ya no eran sus amigas, aunque quizás ella no se hubiese enterado, o no hubiera querido enterarse, o le diese simplemente igual.

—Sí, no está mal. Me lo quedo.

Se quitó el abrigo y lo lanzó a los brazos de la dependienta, que había permanecido como una sombra, sin decir palabra, de pie en un rincón de la amplia sala donde estaban los probadores de las clientas especiales. Cogida por sorpresa y para que el abrigo no fuera a parar al suelo, la chica tuvo que dar un paso atrás, y Ginebra pensó con regocijo que, de no haberla frenado la pared que tenía a su espalda, hubiese perdido el equilibrio y se habría caído. Desde pequeña, las caídas le producían una hilaridad incontenible, no podía evitarlo, aunque los protagonistas se enfadaran o se hubieran hecho daño. En el colegio siempre había formado parte del grupo de las malvadas.

Miró la cara de pavor de la chica y sonrió.

—No están por la labor —suspiró la señora Verdi—. Bien, esperemos que haga frío este invierno o tendré que ir a Milán para ponérmelo. Allí las mujeres saben lucir pieles sin que parezca que van a un bautizo. Detesto los bautizos. Tú que estás tan al día en todo, ¿sabes si se siguen llevando? En realidad detesto todas las fiestas infantiles.

—Es una piel de pelo corto. No tiene por qué darte calor, ni siquiera aquí. Y lo puedes llevar con prendas muy finas debajo. Con ropa deportiva, me encanta. Estás guapísima.

Ofelia no contestó, no reaccionaba jamás ante los piropos, ni una palabra, ni un gesto, nada. Como si fuesen algo tan natural —o tan indiferente— para ella que no mereciesen la menor respuesta. O quizás, en su particular código de buenos modales, era considerado de mala educación, o simplemente una estupidez, dar las gracias por algo tan merecido y evidente.

—¿Quieres que miremos algo más? Por teléfono me dijiste que necesitabas muchas cosas.

—No, no, nada es urgente. Falta mucho para el invierno. Y tengo un montón de asuntos pendientes —dijo, mientras sacaba la tarjeta de crédito y se la entregaba a la dependienta—. Y tú, ¿cómo estás? —Y, sin darle tiempo para contestar, siguió—: Lo que quiero es que vengas a cenar a casa el martes de la semana próxima. He invitado a unos arquitectos extranjeros que están de paso en Barcelona con motivo de un congreso. Son encantadores. Seremos pocos, ya sabes que no soporto que haya más de una conversación en la mesa, gente joven como tú, divertida. Estará bien. Pero me he dado cuenta de que hasta ahora sólo he invitado a hombres y no quiero que parezca que pretendo acaparar toda la atención. Y además tú también eres casi arquitecta y hablas perfectamente inglés.

—Iré, me encantará, muchas gracias.

—Estupendo, nos vemos el martes —dijo la señora Verdi, mientras se dirigía hacia la puerta—. Son un arquitecto inglés, un holandés especializado en espacios religiosos y un diseñador italiano divertidísimo. —Dio media vuelta antes de salir—. Los tres están casados.

La ciudad estaba preciosa. «Las estaciones son para los lugares como la ropa para las personas», pensó Ginebra mientras sorteaba coches con la moto. Algunas mujeres debían llevar falda. Le encantaban las mujeres que sabían llevarla, y cada vez había menos. Pasó rápidamente lista y las mejores mujeres con falda que le vinieron a la mente tenían todas más de cincuenta años. ¿Estaría ocurriendo algo con las piernas de las nuevas generaciones? Quizás haría un reportaje de moda —«Vuelven las piernas»— sólo con faldas. Algunas mujeres estaban bien con zapato plano o con camisetas escotadas o con ropa informal o con un toque de institutriz o despeinadas o con collares largos o con sólo dos brillantes en las orejas. Muy pocas mujeres estaban bien con todo, pero había algunas, como Nueva York, una ciudad que siempre estaba bien, en todas las estaciones. Y ninguna mujer —no importaba lo que dijesen los hombres— estaba mejor desnuda que vestida. Casi desnuda sí, pero no desnuda del todo. A su ciudad —o tal vez era a ella— lo que mejor le sentaba era el verano, y se estaba acabando y Ginebra iba a apurar lo que quedaba hasta la última gota. Como lo hacía Barcelona, que este año se resistía a dejar el buen tiempo atrás. El calor no aflojaba y empezaba a producir una mezcla de crispación y euforia en la población (en muchos, más crispación que euforia), que Ginebra, inmune al calor, observaba divertida. Los conductores se mostraban más irritables que nunca, y desplazarse en moto entrañaba un verdadero riesgo: peligro de muerte por atropello y peligro de muerte por el asfixiante calor que daba el casco (Ginebra fantaseaba desplomándose a cámara lenta). Sólo se hablaba del tiempo. Las terrazas de los cafés seguían abarrotadas hasta altas horas de la noche, como en pleno verano. Todas las ventanas abiertas y las cortinas al viento.

«Que el aire siga siendo tan suave durante muchos días, que me siga acariciando, que me siga hinchando los labios», pensó Ginebra mientras aparcaba la moto.

Por una vez no llegaba demasiado tarde. A pesar de que era la persona menos puntual del mundo, no le gustaba la gente que la hacía esperar. Los códigos de la buena educación eran siempre para los demás y le parecía mucho más grave no conocerlos que no aplicarlos. En los hombres, sobre todo, la impuntualidad se le antojaba un defecto inadmisible. «Aunque quizás hubiera dejado de ser un defecto», pensó. Desde hacía unos años todo el mundo llegaba tarde. Si la convocatoria para una cena era de nueve y media a diez, nadie llegaba hasta después de las diez. Llegar a las nueve y media era rarísimo, una extravagancia, que algunos tildaban incluso de grosería. Y lo mismo empezaba a ocurrir con las reuniones de trabajo. Sin saber cómo ni por qué, se aceptaba que había un margen de media hora y ninguna reunión empezaba nunca a su hora. Nadie se quejaba, nadie se disculpaba, siempre había alguien esperando y alguien que llegaba tarde. Ginebra, si llegaba la primera, lo cual no ocurría casi nunca, esperaba veinte minutos y se marchaba. No esperaba ni uno más. Era joven y soberbia, sentía que no tenía motivos para esperar, y decía que no le gustaba enfadarse y que, si había estado esperando a alguien —daba igual quién fuera, cuántas ganas tuviera de ver a esta persona o de abrazarla— veinte minutos, seguro que le había dado tiempo de ponerse de mal humor y de que ya no le apeteciera el encuentro. Una de las tareas de su ayudante, Enrico —un italiano no demasiado listo, pero alegre y simpático, un chico de hoy en día, con el calzoncillo asomando por la cintura del tejano—, era reorganizar citas o reuniones que finalmente no habían tenido lugar.

Aquella noche, Ginebra llevaba un vestido de un diseñador japonés, el único japonés que no hacía ropa monacal y minimalista, sino inspirada en los estampados y formas tradicionales. Era un vestido de seda, con flores color verde botella y rosas en dos tonos —uno muy claro y otro fresón— sobre un fondo azul cobalto también compuesto de flores. La seda, muy fina, parecía antigua y gastada, como descolorida y ablan-

dada por el uso y los lavados. Era un vestido suelto,
un poco acampanado, con las mangas en globo por
encima del codo y un amplio escote cuadrado. Por
delante caía por encima de la rodilla, y por detrás era
un poco más largo. Un vestido precioso y difícil que
le producía una sensación que adoraba. Ginebra estaba muy atenta —formaba parte del trabajo que había
escogido— a los efectos que la ropa producía, y casi le
parecían más interesantes los que provocaba en la
propia persona que la llevaba puesta que los que
provocaba en los demás. Su vestido japonés la hacía
sentirse —por las flores, el corte, los colores, las mangas, el modo en que su cuello, sus brazos y sus piernas, muy morenos tras un largo verano de sol y moto,
parecían más delgados y frágiles— como una niña que
está a punto de empezar a jugar el juego de los mayores. La seda, liviana, resbaladiza, la más líquida y móvil de las telas, sabia en la caricia, la hacía sentirse muy
consciente de su propia piel. No llevaba ninguna joya,
y, al calzarse unas viejas chanclas marrones, había
pensado que no debía ponerse nada que se atreviera a
competir con su traje. El llevar puestos unos zapatos
de playa con aquel vestido carísimo era también una
manera de subrayar que se había puesto lo primero
que había encontrado. En Barcelona, poner excesivo
cuidado en los detalles del vestir se consideraba una
ordinariez.

La señora Verdi vivía en uno de los pocos palacios
del Barrio Gótico que eran propiedad privada. Lo

había comprado al poco tiempo de morir su marido. Como en tantos casos, aunque le había querido bastante y había sido una buena esposa, la viudez había representado para Ofelia el principio de una nueva vida, una especie de liberación. Era el típico matrimonio en que se une el dinero —él era muy listo para los negocios, se hizo rico muy joven, creó una constructora que fue y seguía siendo la segunda del país, llegó a ser poderoso e influyente, no dejó de luchar nunca y no dejó nunca de ser un patán— con el pedigrí y la belleza, pues Ofelia era la hermosa hija única de una antigua familia de banqueros y aristócratas. Sus padres estaban casi arruinados cuando ella nació, pero tenían el buen gusto de seguir viviendo como si lo ignoraran. No habían trabajado nunca (cuando un día, a los seis años, le preguntaron en clase por la profesión de su padre, quedó pensativa unos instantes y finalmente dijo: «Mi papá cuida el jardín»), pero sabían vivir y eran encantadores, listos, sensibles y elegantes. Y también complicados, perezosos, depresivos y un poco sádicos.

Ofelia lo sabía, y muy pronto hizo que la superficialidad lo cubriera todo en su vida. Fue una elección consciente. Le pareció simplemente la mejor forma de vivir, la más fácil para una mujer de su época, la más agradable. Su marido se había encaprichado y enamorado de ella por su belleza y porque descendía de una de las familias más encopetadas de la ciudad, pero al mismo tiempo los consideraba —y en todos los años de matrimonio se lo dio a entender de mil maneras distintas— unos inútiles y unos fracasados. En cierta ocasión se atrevió a hacer un comentario sarcástico, delante de unos amigos, sobre la costumbre de no trabajar que tenían los aristócratas, y ella, muy tranquila, mirándole a los ojos, replicó:

—Cariño, cuando mi familia construía algunos de los edificios más hermosos de la ciudad, la tuya estaba cuidando cabras en el campo, ¿verdad?

Y se echó a reír.

Él nunca se lo perdonó.

A los dos meses de morir su marido, Ofelia compró el palacio donde vivía ahora y que había pertenecido hacía más de cien años a su familia. En los bajos y en las dos primeras plantas instaló las oficinas de la constructora, y se reservó para ella el piso de arriba. La casa que había compartido durante tantos años con su marido estaba llena de muebles de diseño y de obras de arte moderno. Era como de cristal, luminosa y fría, con una gran piscina azul en un jardín cubierto de un césped poco adecuado en una ciudad cálida como Barcelona, que un jardinero acudía todas las semanas a cuidar. La señora Verdi no aprovechó casi nada de aquella casa. El nuevo piso se fue llenando de muebles modernistas adquiridos en subastas y de lámparas *déco* que daban poquísima luz. Por la noche, con múltiples rincones sumidos en la oscuridad total, era un piso misterioso, e incómodo si uno había bebido. Pero durante el día tenía mucha luz, los techos eran altos y había grandes balcones que daban a la calle. Ginebra lo había visto pocas veces a la luz del día, pues casi siempre la convocaban de noche y le ponían enseguida, incluso cuando tenían que hablar de trabajo, una copa en la mano. El suelo de madera oscura, casi negra, se había ido cubriendo de alfombras superpuestas, hasta que el parquet desapareció y el piso se hizo silencioso. Había algunas antigüedades, que Ofelia había comprado en Londres o en París, abandonadas por los rincones, algunas directamente sobre el suelo, como si carecieran de valor. Por la noche eran meras siluetas, casi imposibles de apreciar. Ofelia hizo empapelar las paredes con diseños de Burn-Jones y de Morris.

—¡Empapelar! ¡Eso no puede ser! —habían exclamado al unísono sus dos nueras decoradoras, que habían visto desaparecer con estupor las piezas modernas que figuraban en todas las revistas reconocidas, mientras entraban objetos raros y barrocos que ni les gustaban ni entendían.

—Pobrecillas —decía la señora Verdi—. No he tenido suerte con las nueras. Creo que uno acaba teniendo los hijos que se merece, pero ¿qué he hecho yo para tener que soportar además a esas dos cursis?

También compró grandes sofás de cuero, que cubrió con cojines de terciopelo. Y su florista le enviaba, todas las semanas, cinco enormes ramos de flores blancas o amarillas. El tipo de flor cambiaba según la estación, pero los colores eran siempre los mismos.

—Ginebra *la Bella* —dijo Miguel al verla entrar.

Se acercó, le pasó un brazo por la cintura y ella sintió la presión de sus dedos a través de la seda. Siempre la recibía y la despedía con el mismo gesto, rodeándole con fuerza —era un hombretón— la cintura para atraerla hacia él y besarla. Le gustaba hacerlo, y a Ginebra también, porque resultaba reconfortante. Le dio dos besos.

—¿Cómo está la mujer más frívola de Barcelona? ¿Sabes ya lo que llevaremos este otoño? Si es que por fin llega el otoño.

Miguel era director literario de una gran editorial, un tipo inteligente, bueno en lo suyo, aunque casi nunca hablara de su trabajo; sólo cuando le preguntaban, e incluso entonces se explayaba poco. Conocía a todo el mundo y todo el mundo le caía bien. Nunca criticaba a nadie. Salía todas las noches, bebía mucho, y no perdía nunca la compostura, pero llegaba un momento en que se dormía. Daba igual que estuviera en una cena importantísima o con un ligue o en un taxi: cerraba los ojos y se dormía. Hoy parecía en plena forma.

—No soy frívola, y tú lo sabes perfectamente. De hecho debería serlo mucho más. ¿O acaso es la frivolidad un defecto? Tal vez lo sea la superficialidad, pero la frivolidad no, más bien me parece un signo de inteligencia y de buena educación. ¿No era frívolo Oscar Wilde?

—Frívola, esnob y apasionada, pues, como todo el mundo sabe.

—Y sobre todo caprichosa, no lo olvidemos —dijo una voz a sus espaldas.

Ginebra dio media vuelta. Pablo le acarició el brazo («no como muestra de afecto», pensó Ginebra, «sólo en su propio interés, para comprobar si sigo siendo tan suave, para mantener al día su archivo mental de mujeres») y le dio dos besos sin llegar a tocarle la cara. («Los besos nunca fueron lo tuyo, ¿verdad, Pablo?», siguió pensando Ginebra. «¿Cómo se puede tener tanto talento para el resto y no saber besar? Es como saber hacer un *soufflé* de queso o un guiso complicadísimo y no saber hacer una tortilla.»)

Pablo era uno de los solteros más perseguidos de la ciudad. De muy buena familia y muy atractivo, tenía un éxito extraordinario con las mujeres. Entrar con él en un local y ver cómo le miraban las chicas era todo un espectáculo. Ginebra había pasado horas hablando con él en bares, con mujeres al lado mirándole fija, concentradamente, como si estuvieran tratando de descifrar un enigma, absortas, ajenas a todo lo demás. A ella le daba igual, le parecía divertido. Y, si alguna de esas mujeres se acercaba por fin a hablarles o lograba que alguien los presentase, solían tratarla con mucha amabilidad.

Pablo había tardado diez años en terminar la carrera de arquitecto y seguía viviendo, a los veintiocho años, en casa de sus padres. Desde pequeño le habían convencido, como pasa a menudo con la gente muy guapa, de que no era muy inteligente. Ginebra pensaba que sí lo era, o que podría haberlo sido, pero cuando ella le conoció ya casi sólo decía tonterías. Y, sin embargo, era un tipo sensible y conocía bien a las mujeres. Extremadamente consciente del efecto que causaba en los demás, la más mínima resistencia, el más ínfimo rechazo, hacía que se retirara. Le ocurría pocas veces con las mujeres («sólo con alguna fea», decía él), y con bastante frecuencia con los hombres. Ginebra le había oído afirmar que no conocía a individuos con los que ambos habían estado tomando copas la semana anterior. Y no debía de ser consciente de que mentía; borraba realmente a las personas que no le eran por entero favorables: no existían.

—Y yo que pensaba que era una cena para conocer a gente nueva… —se lamentó Ginebra.

Pero lo cierto era que se alegraba mucho de ver a sus amigos. Le encantaba salir de noche. Había empezado a hacerlo a los catorce años; tenía unos padres enormemente permisivos, a los que nunca se les hubiese ocurrido imponerle una hora de regreso a casa o pensar que su hija era demasiado joven e inmadura. La noche es siempre más desmesurada y veloz, más dura y abierta, mucho más ambigua que el día. A las cinco de la madrugada, las máscaras y los disfraces caen con facilidad, y, por mucho que uno haya bebido, es quien es ante los demás, y también ante sí mismo. Quizá por eso la mayoría duerme y son los jóvenes quienes mejor se enfrentan a la noche. Ginebra aprendió muy pronto los códigos y entendió que no había que forzarlos. Había noches que la rechazaban. Lo percibía desde el primer momento. Todavía en casa decidiendo qué ropa ponerse, sabía ya que las copas le iban a sentar mal, que la compañía la irritaría, que empezaría a bostezar apenas pusiera un pie en la calle. Pero había noches que la coronaban reina, noches alegres y fáciles en que los encuentros y las conversaciones fluían, en las que todo resultaba divertido o importante, noches de sol en las que todos se enamoraban de ella.

Apareció Ofelia con otros invitados, y Ginebra supuso que se trataba de los extranjeros.

—Habéis llegado ya. Estupendo. Les estaba enseñando la casa a estos señores.

Tres hombres, copa en mano, acompañaban a la señora Verdi. Tomas Herschdorfer, el holandés especializado en espacios religiosos, era un tipo rubicundo, de cabello fino, muy liso, con flequillo, tez rojiza —o quizás había estado bebiendo o en la playa—, un poco grueso, bajito, vestido con un traje a cuadros escoceses. Paolo Vigievani, el diseñador italiano, tenía los ojos claros, era también rubio y pequeño («los italianos son los únicos que no parecen ir por el mundo pidiendo disculpas por ser bajitos», pensó Ginebra), con estudiada barba de cuatro días, e iba vestido de negro. Y Norman, el arquitecto inglés, era un tipo alto y desgarbado, elegante *malgré-lui,* de nariz grande, labios finos, pelo corto y canoso, ojos azules descoloridos, camisa blanca, pantalones azules, cinturón y zapatos marrones. «Tiene aspecto varonil, como dirían las mujeres de la generación de mi madre», pensó Ginebra.

Los saludó a los tres, pero sólo reparó realmente en uno de ellos. Respiró hondo, se le escapó una sonrisa. Pablo lo advirtió y Miguel también, pero Ginebra no se dio cuenta, porque estaba ya en otro lugar. «Vamos a jugar un poquito», pensó feliz, y apuró la primera copa.

La señora Verdi era en muchos aspectos extremadamente protocolaria, y, a pesar de ser consciente de que algunas convenciones podían resultar inútiles y estar anticuadas, intentaba mantenerlas. En cierto modo formaban el marco de su existencia, la ayudaban a reconocer a los suyos, a ordenar los acontecimientos de la vida cotidiana y hacerla más agradable. Veía con desagrado que sus hijos las ignoraban y no las transmitían a sus nietos. Lamentaba que no hubiesen entendido que algunas de aquellas reglas tenían una trascendencia real. Asignar bien los sitios en una mesa le parecía de vital importancia, casi más importante que el menú, tan importante como que ninguna copa de vino quedase vacía un solo segundo. Había visto cambiar el destino de algunas personas por estar sentadas al lado de alguien en una cena. La disposición de los comensales podía afectar a la fluidez de la conversación, al estado de ánimo general, y hacer que la reunión constituyera o no un éxito, y la señora Verdi era una auténtica estratega en la materia. A veces, con los invitados ya en la casa y habiendo decidido desde hacía días cómo iban a sentarse, tenía una iluminación y hacía cambios en el último momento.

Ginebra estaba a punto de sentarse entre Tom y Marco, cuando la señora Verdi, tras unos instantes de titubeo, dijo:

—Quizá sería mejor que te sentaras junto a Norman, Ginebra. Tenía interés en que os conocierais.

«Sí, será mejor», pensó Ginebra.

Era una mesa redonda, a la que la gran lámpara de seda amarilla y dorada que pendía encima daba escasa luz, pues debía llevar una bombilla de baja intensidad para no quemar la tela. «La luz ideal», pensó Ginebra.

—Me encanta la lámpara, Ofelia —dijo—. Bueno, en realidad me encanta todo lo de Fortuny, tuvo que ser un hombre extraordinario. Da una luz preciosa.

Era cierto. Estaban envueltos en una luz de reflejos dorados, cálidos y suaves, mientras que a su alrededor la oscuridad era casi total. Por su experiencia en las sesiones de fotos sabía que era la luz que más favorecía. Era como estar junto a una chimenea encendida. Nadie está feo al lado de un fuego. Y en aquel mundo, estar guapo y ser ocurrente y rico era lo único que importaba.

—¿También te interesa el diseño de objetos, o sólo la moda? —preguntó Norman.

—No sé por qué se da por supuesto que si alguien está en el mundo de la moda ha de ser por fuerza monotemático, e incluso frívolo y un poco tonto —suspiró ella en broma, con gesto resignado—. Soy estilista. Lo que hago constituye, de hecho, una labor social, que debería pagarme el Estado: intento evitar con todas mis fuerzas que caiga todavía más el listón estético de la sociedad.

—En el fondo eres una altruista, ¿verdad? —intervino Miguel.

—Sí —añadió Pablo—. Tú siempre tan preocupada por los demás.

—Pues sí —respondió Ginebra, dedicándole a Pablo una sonrisa que significaba «eres un cabrón»—. Gracias a mis esfuerzos, señores, os ahorraréis algunos horrores este invierno. Yo sólo intento que vuestras mujeres, novias, amantes, hermanas y madres no salgan a la calle hechas un cromo. Francamente, deberíais darme las gracias y pedir para mí una subvención.

Ginebra estaba empezando a desplegar un número que quienes la conocían habían presenciado muchas veces y que, salvo raras excepciones, iba dirigido especialmente a una persona. Lo disfrutaban todos, pero estaba destinado a uno solo.

—Gracias. La ropa no me interesa en absoluto, pero gracias —dijo Norman, riendo, y le rozó la mano con un dedo.

—Pues estás muy equivocado. ¿Cómo se puede concebir espacios sin tener en cuenta cómo será la gente que los habite?

—Estoy de acuerdo con Ginebra en que, a la larga, beneficiaría más a la sociedad evitar que la gente siga vistiendo mal que diseñar escobillas fluorescentes para el váter o levantar edificios en forma de falo —dijo el italiano.

A Ginebra no le gustaban los hombres que vestían de negro. Le parecía un signo de pereza o de engreimiento. En las mujeres era distinto, pero, contra la creencia general, Ginebra opinaba que no era un color fácil de llevar. Para ir toda de negro y no parecer de luto hacía falta aplomo y misterio y experiencia, y en general era preferible tener cierta edad. Sin embargo, incluso vestido de negro, el italiano le resultaba simpático. El día anterior había salido en la prensa una entrevista donde se cargaba más o menos a todos los diseñadores estrella del momento —selecto grupo en que él estaba incluido— y donde lamentaba que individuos de tanto talento como él mismo se vieran arrastrados a diseñar estupideces en plástico de colorines, como escobillas para el váter. Aseguraba que esa etapa de su vida había terminado y que abrigaba el propósito de retirarse dentro de tres años y dedicarse con su mujer a la fabricación de aceite de oliva. De hecho, le contó al periodista, había aceptado la invitación a ese congreso con intención de acercarse luego a algunas prensas de aceite tradicionales que todavía estaban en funcionamiento en el sur de España.

—Sabía que un italiano iba a estar de acuerdo conmigo —dijo Ginebra, y le guiñó un ojo.

—Querido —exclamó la señora Verdi—, nos has de contar a qué obedece esa obsesión por las escobillas de váter. Y en cuanto al edificio fálico, bueno, depende de para qué sea.

—Claro, si es para acostarse con él... —bromeó Pablo.

Apareció Joaquín con una fuente de almejas al vino blanco. Joaquín era un hombre mayor que había estado al servicio de los Verdi desde siempre. Vivía en la casa y se ocupaba de supervisarlo todo y de coordinar a las restantes personas de servicio: la cocinera, la doncella, las canguros de los niños, los camareros eventuales para las fiestas, el jardinero, el chófer. En aquella casa había mucho trasiego de servicio. Cuando Ofelia se mudó, decidió llevarse a Joaquín, aunque, siempre de forma muy civilizada, se peleaban con frecuencia. Ofelia sólo perdía la compostura con los íntimos, y un criado, por más que hubiera vivido bajo su techo veinte años, no era nunca un íntimo. No concebía que se pudiera gritar a una persona de servicio. Uno no se tomaba esas familiaridades, ni ninguna otra, con un criado. Y cuantos trabajaban para ella la adoraban, sin advertir que le inspiraban la más absoluta de las indiferencias. Joaquín llevaba la casa, resolvía todos los problemas, conseguía la mayoría de caprichos de su señora y la conocía bien. Se seguían tratando de usted, y lo harían ya siempre.

—Pero es cierto que en Cataluña hay mucha cultura del diseño —dijo el italiano.

—Nadie que viviera en Barcelona durante las décadas de los 80 y los 90 pudo no enterarse de lo que era el diseño industrial. En aquellos años no se compraba ni una escoba que no fuera de diseño —dijo Ofelia.

—Los catalanes entienden de diseño del mismo modo que los franceses entienden de poesía —dijo Miguel—. En Francia vas a comprar una *baguette*, te despistas un momento, y el dependiente ya está recitando un poema de Rimbaud.

—Todo empezó con los objetos —suspiró la señora Verdi—. El problema surgió cuando empezaron a querer diseñar otras cosas. Como la comida, por ejemplo. Eso sí fue un desastre.

La señora Verdi veía con malos ojos la ola de modernidad que había invadido y transformado la cocina durante los últimos diez años. Muy al principio de esta moda, la habían invitado a uno de esos «restaurantes experimentales que ni siquiera están en la ciudad», y había terminado pidiendo que le llevasen un huevo frito y una Coca-Cola. «El chef, eso sí, es un hombre encantador», había comentado al salir.

La anécdota había dado la vuelta a la ciudad y Ginebra se la contaba ahora a los tres extranjeros.

—Y desde entonces en casa de nuestra querida Ofelia sólo se sirve comida tradicional, ningún plato que no se preparase hace por lo menos cien años.

—Los mejores *boeufs bourguignonne* de Barcelona —agregó Pablo.

Miguel preguntó a los extranjeros por el congreso en que participaban.

—Absolutamente inútil, como todos los congresos y todas las ferias —dijo el diseñador italiano—. Una mera excusa para viajar y encontrarse con amigos. Para venir a Barcelona y cenar con Ofelia.

Le cogió la mano y se la besó. Ofelia se echó a reír y exclamó con una coquetería antigua:

—¡Qué italianos sois los italianos!

Los otros dos protestaron. Tom, el holandés, débilmente. Ginebra no entendió nada de lo que decían, pues, aunque eran pocos, estaban eufóricos, hablaban todos a la vez y uno tenía que gritar para hacerse oír. Tom había bebido mucho y parecía un poco confuso.

«En este momento el rojo de las mejillas combina a la perfección con el del traje escocés», pensó Ginebra. «Tiene cara de buena persona, lo cual no significa nada; es un modo de decir que no es muy guapo.»

El holandés sonreía sin parar de un lado a otro de la mesa, reía mucho y miraba arrobado a Pablo. Le hacía preguntas en voz baja, que el otro contestaba amablemente, mientras intentaba seguir la conversa-

ción general, pues sabía que una de las obsesiones de
Ofelia era que en la mesa se sostuviera —al menos
hasta los postres— una sola conversación, y ya empezaba a ponerse nerviosa y a mirarlos con mala cara
cada vez que el holandés le susurraba algo a Pablo.

El inglés no compartía la opinión del italiano respecto a los congresos y aseguró que podían ser útiles
para establecer contactos, intercambiar opiniones con
otros colegas, conseguir contratos, promocionarse.

—Sí, cuando uno tiene alma de ramera o ganas de
prostituirse —intervino Marco.

—A mí me encanta prostituirme —exclamó el holandés mirando a Pablo.

Norman rio. La risa explosiva, de metralleta, de
los ingleses. Después de abandonar la carrera de arquitectura, Ginebra había vivido unos años en Londres, y aquella risa le recordó otras risas y otras cenas.
Si no se giraba hacia él, lo único que veía de Norman
era el brazo izquierdo apoyado en la mesa, muy cerca
de ella, y la mano, bonita, grande, surcada por gruesas
venas. Sin saber por qué, Ginebra pensó fugazmente
en su padre. Pero las manos de su padre eran mucho
más delicadas y elegantes, y tenían la piel más morena.

Muchas veces, cuando iba en moto, lo único que
Ginebra podía ver de los otros motoristas eran las
manos. La cabeza quedaba cubierta por el casco, el
cuerpo era difícil de apreciar, pero las manos, si no llevaban guantes, destacaban sobre el manillar clarísi-
mas. Las manos eran la puerta de entrada a todo, el

inicio del precipicio. ¿Cómo era posible que los musulmanes obligaran a sus mujeres a cubrirse el cabello y permitieran en cambio que mostrasen las manos, mucho, muchísimo más peligrosas?

—En cierto modo sí tenemos algo de prostitutas —dijo Norman—. Necesitamos tener contentos a los constructores, a los políticos, a los promotores. No dependemos de un cliente, sino de muchos a la vez. Es una gran cama redonda.

—En la que nunca acabas de cepillártelos a todos —dijo Marco—. Siempre surge alguien más, aunque estés diseñando una simple cafetera... Los de marketing o la mujer del fabricante o quien demonios sea.

Ofelia le hizo un gesto con la cabeza a Joaquín. Éste trajo el segundo plato y se pasó al vino tinto.

El holandés, que parecía haberse despejado un poco, comentó que aquella tarde había ido a visitar la Sagrada Familia para ver los cambios que habían tenido lugar desde la última vez que estuvo allí.

Las airadas protestas de Ofelia, Pablo y Miguel, hablando todos a la vez, no le dejaron terminar.

—Pero ¿quién es el responsable de ese horror que no termina nunca y que empeora de año en año? —exclamó la señora Verdi.

—El otro día pasé por delante en moto y casi me caigo del susto —añadió Pablo—. Lo que han hecho es indescriptible. Deberían derruirla, dejar sólo el esqueleto y hacer un parque alrededor para que los niños jugasen entre las ruinas.

—Mejor sería llamar directamente a un grupo de esos chicos que hacen grafitis y van en patinete, como el secretario de Ginebra, y darles libertad total para hacer lo que les viniese en gana —opinó Ofelia—. Así terminaríamos de una vez con esa larga agonía.

—Mi secretario no va en patinete —dijo Ginebra, riendo.

—Seguro que unos grafitis mejorarían mucho las esculturas —añadió Miguel.

Cuando el holandés experto en espacios religiosos intentó —por educación, a fin de cuentas aquellos barceloneses chiflados se estaban cargando el edificio más emblemático de su ciudad, y él había pasado la mayor parte de la cena absorto en Pablo y bebiendo, y se suponía que las iglesias eran lo suyo— apuntar que algunos elementos le parecían, a pesar de todo, bien resueltos, los malvados Ofelia y Pablo estallaron en tales carcajadas que no le quedó otro recurso que callar.

De los cuatro barceloneses allí reunidos, sólo Ginebra había visitado aquel espanto, e incluso había subido a la famosa torre. Fue a los diecinueve años, con un admirador japonés que conoció en Londres y que se empeñó en venir a verla a Barcelona y en que visitaran juntos la Sagrada Familia.

—Fue horrible. Yo no quería subir, casi me obligó, y después, decepcionado, se marchó de repente de la ciudad, dejándome durante meses una inmensa maleta en casa. Mi madre estaba convencida de que contenía drogas y de que, tarde o temprano, vendría la policía a llamar a nuestra puerta.

—¿Y tú subiste hasta lo alto de la Sagrada Familia por un tío que ni siquiera te gustaba? —dijo Pablo—. No lo puedo creer.

—Bueno, siempre hay un momento en que los tíos me dejan de gustar, como a ti las tías. Pero sí, tienes razón, el japonés no me gustó nunca. No tuvo ni los quince minutos de Andy Warhol.

—¡Niños, por favor! —exclamó Ofelia.

—Miguel —dijo el italiano—, creo que deberías publicar un libro recogiendo las opiniones sobre la Sagrada Familia, de personas conocidas y de gente de la calle, de aquí y de fuera. Sería muy interesante y polémico. Se podría titular «Antiguía de la Sagrada Familia».

—La Sagrada Familia —suspiró Ginebra, y añadió, dirigiéndose a Norman—: Esta conversación la llevo oyendo, prácticamente sin ningún cambio, desde que era niña.

No sabía si se debía al vino, o al vestido de seda, o al calor (aunque no hacía ya mucho, porque era tarde y había empezado a soplar una leve brisa marina), Ginebra tenía ganas de cerrar los ojos: era desde hacía un rato increíblemente consciente del cuerpo del inglés. Sin haberlo tocado a lo largo de toda la noche más que un par de veces en el codo, para enfatizar algo que estaba diciendo (coger el brazo de la gente era un gesto habitual, a veces no significaba nada, otras veces le iba en ello la vida), y sin que él se hubiera aproximado un solo centímetro, sentía la temperatura exacta de Norman a través de su camisa blanca, sentía el calor que desprendía, como si enfocara una llama hacia ella. Era imposible moverse estando sentada a una mesa con otra gente, pero, casi sin advertirlo, se fue girando hacia él, fue acercando la cabeza a la suya, como si no pudiera oírle bien. Los amigos desaparecieron —Ginebra tuvo tiempo de ver que Ofelia la miraba—, los movimientos se hicieron más lentos.

—¿Es verdad que los hombres sólo te duran cinco minutos? —le preguntó Norman.

—Normalmente un poco más, una o dos horas —dijo ella, riendo—. No sé lo que ocurre, de verdad. Un día, el hombre con el que estoy sale de la ducha y ya no me emociona verle. Entonces sé que todo ha terminado. Siempre pasa lo mismo.

—¡Pobres tipos! ¡Les debe aterrar salir de la ducha!

—¡Y pobre de mí, que un día despierto y descubro que ya está, que ya se acabó todo!

—¿Cuántos años tienes?

—Veintisiete.

—Eres muy joven para ser tan pesimista. Ya verás cómo encuentras a alguien con quien eso no te pasa. Seguro.

—No sé. Me parece que cuando para tener a alguien te basta alargar el brazo, y allí está, a tu lado en la cama, día tras día, resulta todo demasiado fácil.

Como demostración, alargó el brazo y le tocó.

—Te equivocas —dijo Norman—. Algunas relaciones pueden funcionar y durar toda la vida.

—Eres un romántico.

—No. Me parece que la romántica eres tú.

Sin advertirlo, Ginebra había estado haciendo diminutas bolitas con el pan y las había amontonado al lado de su plato. Cuando estaba nerviosa siempre necesitaba juguetear con algo.

Se acercó Joaquín.

—¿Quieren algo más? —les preguntó.

—¿Un poquito más de pan, quizá? ¿Blanco? ¿Integral? —dijo Norman mirando a Ginebra y echándose a reír.

Trajeron el postre. Sorbete casero de albaricoque y menta. El borde se empezaba a deshacer, pero el corazón seguía casi helado, crujía un poco. Eran ácidos y ligeros. Un postre perfecto para aquella cena, pensó Ginebra al meterse la primera cucharadita en la boca.

—Adoro a Ofelia. Sus cenas son increíbles. Tienes que probar estos sorbetes.

Norman había pasado directamente al café, pero ahora cogió con la cucharilla un poco de sorbete.

—Está bueno, refrescante —dijo.

Y siguió comiendo del plato de ella como si fuera lo más natural del mundo —era lo más natural del mundo—, sin decir nada, sin pedir permiso.

«Estamos compartiendo el postre», pensó Ginebra, sorprendida y divertida. Y cuando el holandés alargó el brazo y metió también su cucharilla en el plato —a Ginebra ni se le había ocurrido ofrecerle probar el sorbete a ninguno de los otros comensales—, le pareció, por un instante, una terrible grosería, como si alguien hubiera entrado en su dormitorio sin llamar.

Miró a su alrededor. Era el final de una cena en la que todos se habían divertido: platos vacíos, copas mediadas, migas, servilletas arrugadas, cigarrillos, flecos de conversación, manchas en el mantel, caras un poco cansadas, pero satisfechas y relajadas —mucho más guapas que al principio de la velada—. El tiempo que duraba una cena entre amigos era perfecto, el viaje ideal, se dijo. Casi nada debería durar más de lo que dura una cena o una película, dos o tres horas.

Salieron todos juntos a la calle. Esperaron a que viniese un taxi a recoger a los extranjeros, que se hospedaban en el mismo hotel, al lado del mar.

—Yo voy en tu dirección —dijo el inglés.

—Me parece que no —dijo Ginebra.

—Sí.

—No —rio—. Tú vas hacia allí —y señaló con el dedo hacia el mar— y yo voy hacia allá —y señaló hacia la montaña, mientras se ponía el casco—. Adiós.

Norman dio la espalda a sus acompañantes, se puso delante de ella y le dio un beso en la boca, rapidísimo y ligero, apenas un roce, un segundo. Se la quedó mirando, sonriendo.

Ginebra bajó la mirada y también sonrió.

Nunca volvieron a cenar juntos con otra gente.

Ginebra vivía en una vieja casita de dos plantas a los pies del Tibidabo, que compartía con Emannuelle, una de sus mejores amigas. Muchos años atrás, aquel barrio había sido un pueblo separado de Barcelona, en el que la burguesía tenía casas de veraneo, pero la ciudad había ido creciendo y había engullido la zona, que, sin embargo, seguía manteniendo en parte su carácter de pueblo. La mayoría de gente vivía allí desde hacía mucho tiempo, y, al menos de vista, se conocían casi todos. Lo cual no suponía que se hiciera vida de vecindad. Precisamente lo que le gustaba a Ginebra era poder ir a comprar el periódico y encontrarse con personas que uno había visto mil veces, pero que no te saludaban, ni tenías tú que saludarlas, y no digamos entablar conversación. Las reconocías, te reconocían, y cada cual seguía tranquilamente su camino. Era agradable, respetuoso y relajado.

Además, pese a ser una de las zonas más caras de la ciudad, el ambiente no era en absoluto ostentoso.

La casita la había heredado Emannuelle de su abuela y estaba en una estrecha calle peatonal. Ginebra ocupaba la planta baja y su amiga, el primer piso. Ginebra sólo la llamaba Emannuelle cuando había otras personas delante, para después hacer que se sonrojase diciéndole que tenía nombre de película porno de los años 70 y preguntándole con aire inocente por qué creía ella que sus padres le habían puesto ese nombre. Manue se sonrojaba con increíble facilidad. Ginebra, nunca.

«Necesito una bañera para mí sola, de verdad, Manue, no se trata de un capricho, yo no podría vivir en un piso sin bañera», le había dicho cuando ésta le advirtió que una bañera en una habitación enmoquetada traería problemas y que ella estaría encantada de que subiera a bañarse arriba siempre que quisiera. Pero Ginebra se había empeñado, y a un lado de su dormitorio, delante de un ventanal que daba al jardín, habían instalado una bañera. En el centro había un colchón muy grueso directamente sobre el suelo. Había un tocador atestado de cremas, pinturas, perfumes, joyas, revistas, fotos, libros, libretas, restos de comida, lápices y muchas otras cosas, con un gran espejo enfrente y un taburete delante —en el que Ginebra se sentaba para arreglarse, pero también simplemente para reflexionar mientras se miraba—; otro espejo grande de pie en un rincón, un taburete de madera clara que hacía de mesita de noche y dos lámparas de pie azules, con luz regulable, que Ginebra arrastraba de un lado a otro si las necesitaba; y un enorme armario empotrado, siempre abierto y siem-

pre desbordante de ropa. En realidad se veía ropa por
todas partes —en el suelo, en la cama, dentro de la
bañera—, la ropa lo invadía todo. Ginebra aseguraba
que le encantaba el desorden. Era una de esas personas
que se gustan tanto a sí mismas que ven hasta sus peo-
res defectos como características entrañables. Su estudio, el diminuto lavabo y la ducha quedaban al otro
lado del jardín.

Se despertó temprano. La traspasó como un rayo,
en el estómago y en el pecho, el recuerdo de la euforia
y la felicidad de la noche anterior. Ginebra sabía que
no era la primera vez que se sentía así, pero estaba a
punto de olvidarlo de nuevo. Hacía medio año que
había roto con Michael, un famoso fotógrafo alemán,
mucho mayor que ella, que vivía en Barcelona pero
que viajaba constantemente. Era un hombre brillante,
atractivo, divertido, depresivo y absolutamente obse-
sionado por su trabajo. No le importaba nada más.
Nunca se había querido casar ni tener hijos. Estaba
habituado a que las mujeres —había habido muchas
en su vida— le siguieran y se adaptaran a él. Y Ginebra estaba habituada a que los hombres hicieran lo
mismo con ella.

Aquella mañana descubrió, con alegría, que había
dejado atrás aquella historia. «Muchas historias no se
acaban cuando se acaban, se acaban antes o se acaban
después de haberse acabado», pensó. Y aquella mañana

pudo pensar finalmente en Michael sin que se le enco-
giese el corazón. Pensar en él de verdad, sin hacer tram-
pa, recordar con los ojos bien abiertos a la persona a la
que durante unos meses quiso, no a la que acabó odian-
do, la que acabó repitiéndole unas historias que ya le
había contado antes y que habían dejado de ser gracio-
sas. No al pobre tío al que dejó (después de que la hubiera hecho sentirse una pobre tía), sino al de los buenos tiempos. Ni el bueno ni el malo tenían demasiado
que ver con el individuo real —y extremadamente
complejo— que era el fotógrafo, al que en realidad
Ginebra, aunque fuera incapaz de reconocerlo, no había amado nunca.

«Adiós, Michael, estuvo bien, de verdad.»

Oyó que Manue estaba preparando té, como todas
las mañanas. Se puso una camiseta y unos *shorts* viejos, atravesó descalza y corriendo el jardín, se lavó los
dientes y la cara, y entró dando saltos en la cocina.

—¡Manue! —exclamó.

Se desplomó en una silla. Manue se volvió hacia ella. Era muy alta, delgada pero de huesos grandes
—jugaba a basket y a voley—, de piel blanquísima
—tenía antepasados irlandeses—, ojos pequeños azul
pálido, cabello castaño muy fino, cortado como si
fuera el paje de un cuento infantil (eran amigas desde
niñas y Ginebra no la había visto jamás con otro peinado). A pesar de su juventud y de su timidez, impo-
nía inmediatamente respeto. Se veía que no hacía el
menor esfuerzo por gustar —en esto era lo opuesto a

Ginebra—, que no representaba nunca otro papel que el suyo.

Puso una taza delante de Ginebra y se sentó frente a ella, con su propia taza entre las manos.

—Buenos días.

—Hola.

—¿Cómo fue la cena de ayer?

—Muy bien... He conocido a alguien.

—Vaya, vaya. —Manue se echó a reír—. He conocido a alguien. Tu frase favorita. En tu lápida, como epitafio, habría que poner: «Hoy he conocido a alguien.»

—Sí, claro.

—Cuéntame.

Desayunaron juntas. Manue era bióloga y trabajaba en el zoo que estaba al otro extremo de la ciudad, pero aquella mañana empezaba un poco más tarde y Ginebra tuvo tiempo de contarle detalladamente todo lo que había ocurrido la noche anterior. Manue la escuchó divertida. Tenía la rara virtud (que todo el mundo se atribuye) de saber escuchar. Cuando le contaban algo, le interesaba, trataba de entenderlo, ponía en ello toda su inteligencia. Y contestaba con prudencia, no decía lo primero que se le ocurría, ni tampoco automáticamente lo que el otro deseaba oír.

—¿Qué vas a hacer? —preguntó.

—Nada. Ya veremos. Le mandaré una postal de la Sagrada Familia.

—Un hombre casado... vaya plan —dijo Manue, levantándose.

Poco después se marchó al zoo. Ginebra se quedó
en la cocina esperando a Enrico, mientras anotaba en
una libreta ideas para un reportaje de ropa de vestir
que tenía que publicarse simultáneamente en el número de diciembre de las ediciones española y francesa
de la revista de moda para la que trabajaba. «La ropa
que menos me gusta, la ropa de fiesta», pensó jugueteando con el lápiz. Apoyó la barbilla en la mano e,
inconscientemente, empezó a dibujar lunas, estrellas y
corazones en el margen de la libreta.

Cuando llegó Enrico, pasaron al estudio, una habitación alta y luminosa, con una gran mesa de sastre
de madera antigua en el centro, donde había dos orde-
nadores, un fax y un teléfono, un sofá viejo en un rincón y algunas sillas dispersas por todas partes. Reinaba el mismo desorden de ropa, revistas, muestrarios y
fotografías que en su dormitorio.

Estuvieron trabajando sin descanso hasta última
hora de la tarde. Antes de que Enrico se marchara,
Ginebra le dijo que no hacía falta que fuera a buscar
las revistas, que tenía ganas de airearse y de dar una
vuelta en moto y que iba a pasar a buscarlas ella misma. Por su trabajo, Ginebra tenía que estar al corriente de todo lo que ocurría y era una voraz devoradora
de revistas. Las compraba todas, no sólo las de moda,
y le interesaban especialmente las extranjeras. Algunas
de éstas no podían encontrarse en el barrio y se las
guardaban todas las semanas en un quiosco del centro
de la ciudad. Sabía que allí tendrían postales.

No le costó mucho decidirse por la más *kitsch* de la Sagrada Familia: el perfil del gigantesco templo iluminado por dentro, sobre un fondo rosa violento, como el de una puesta de sol en el Caribe. Parecía un decorado barato de cartón piedra o el castillo de un parque de atracciones de medio pelo. «Es imposible ese color de cielo en Barcelona, seguro que es pintado», pensó.

Escribió la postal rápidamente:

Querido Norman: Me encantó conocerte... aunque no te guste la ropa. Espero que nos volvamos a ver pronto. Un abrazo, Ginebra.

Se detuvo delante del buzón con la postal en la mano, el gesto suspendido. Recordó durante un instante la escena en que Wendy está en el alféizar de la ventana, un pie en alto, a punto de marcharse volando con Peter Pan, que le tiende la mano desde el vacío. Pero todavía estaban, las dos, a tiempo de no hacerlo. Sentía que la gente pasaba detrás de ella, andando deprisa. Salían del trabajo y volvían a sus casas.

«Habría que estar loco para no lanzarse», pensó.

Ginebra no se había dado cuenta de que ella no era Wendy, sino Peter Pan.

Echó la carta.

Siguieron unos días de mucho trabajo. Estaba llegando el otoño, empezaba la temporada de desfiles y sus clientes necesitaban ropa. Ginebra pensaba y planificaba reportajes. Trabajaba al mismo tiempo con la ropa de otoño-invierno, que ya estaba en la calle, y con la de los próximos primavera y verano. Y también colaboraba en los *spots* publicitarios para televisión de algunas marcas.

Viajaba a menudo a París, Londres, Nueva York y Milán para estar directamente informada de lo que ocurría. En París y en Milán le interesaban los desfiles de alta costura, de las casas de toda la vida —nombres míticos que había oído en boca de su abuela desde niña—; en Londres, la obra de diseñadores más jóvenes e irreverentes, y la escena musical, los nuevos grupos. Y de Nueva York le interesaba todo. Sabía que los aires que corrían allí correrían al cabo de unos meses por el resto del mundo. Una tarde paseando por sus calles le era más útil y le aportaba más ideas que todas las revistas de tendencias, todos los desfiles, todas las delirantes conversaciones que le encantaba sostener con gente del mundo de la moda. Nueva York seguía siendo para ella el centro del mundo, una ciudad abierta y generosa que giraba a más revoluciones por minuto que ningún otro lugar, que se movía a un ritmo único; que te despertaba el deseo de crear, de inventar, de lanzarte a nuevas empresas, porque allí todo parecía alcanzable, próximo y posible.

Intentó no pensar mucho en el inglés. Ginebra, antes o después, lo olvidaba todo. Aseguraba no recordar absolutamente nada de su infancia.

—Soy muy sensible, es mi única manera de seguir hacia delante —se defendía si alguien se lo reprochaba—. No conozco otra.

Olvidaba con extrema facilidad las cosas, los hechos y sobre todo a las personas. Si alguien no estaba allí, en su presente o en su futuro más inmediato, lo habitual es que no estuviera en ninguna parte. Pero durante unos días esperó con impaciencia la llegada del cartero por la mañana, miró sus e-mails más a menudo y no se separó del móvil.

Cuando al cabo de una semana recibió un e-mail de Norman, no se sorprendió. Lo estaba esperando.

«Todo esto es como un baile», pensó. «Tiene marcados sus pasos. Quizás él no haya advertido todavía que ha empezado a sonar la música —todo empieza y acaba antes y después de empezar y acabar, y todo empieza y acaba en distintos momentos para cada uno de los bailarines—, pero yo sí he empezado a bailar. Y quizás en esta ocasión no deje de oír la música, no

antes que él. Pero es cansado este baile, con tantas pi-
ruetas. Al principio es como si bailara con un fantas-
ma, y de pronto, como por arte de magia, de *mi* magia, me encontrara con un hombre de carne y hueso
entre los brazos, como un regalo.»

Cuando todavía era niña, su madre la había mira-
do un día fijamente y le había dicho:

—Tienes talento para casi todo, podrás hacer lo
que quieras en la vida, pero para lo que realmente estás dotada es para la seducción. Y sin ni siquiera ser
guapa. —Y añadió—: No estoy segura de que sea una
bendición.

El e-mail era breve, educado y amable. Le agrade-
cía la «simpática postal» y le pedía que le avisase la
próxima vez que fuera a Londres —«espero que sea
pronto»— para que pudiesen cenar o almorzar juntos.
De otro modo, se verían en la próxima visita de él a
Barcelona.

Le hizo gracia que fuese tan discreto. Era prácticamente imposible detectar en sus palabras el menor
coqueteo. De no haber sido porque a Ginebra ni se le
pasaba por la cabeza la posibilidad de que alguien a
quien hubiese elegido no estuviera interesado a su vez
en ella, habría advertido que en aquellos momentos el
inglés todavía no lo estaba, que para él Ginebra era
sólo una mujer atractiva con la que se había cruzado
una noche, y con la que había fantaseado unos segun-

dos, preguntándose —y lo hacía con muchas otras mujeres— cómo sería en la cama.

A Ginebra, que era mucho más convencional de lo que hubiese reconocido y a la que le encantaba dar lecciones de buena educación a los demás, también le gustó que le diera las gracias. «Aquí ya nadie da las gracias por nada», pensó. «Da igual que te abran la portezuela del coche, que te manden un regalo en Navidad, que te hayan invitado a cenar. Dar las gracias, de palabra, y por escrito no digamos, ha pasado de moda.» Y le gustó, sobre todo, porque tenía ganas de que cualquier nimiedad de Norman le gustase.

Ginebra sabía que tenía que ir a Londres para un desfile y unas reuniones al cabo de un par de semanas, pero no se lo dijo a Norman. Iba a ser un viaje relámpago de menos de cuarenta y ocho horas, montado por la revista para la que trabajaba (tenía derecho a colaborar en otros medios, pero no en otras revistas de moda). A la directora no le gustaban demasiado las relaciones públicas y hablaba mal el inglés, y sabía que podía mandar a Ginebra de embajadora, porque no le iba a hacer sombra. No ambicionaba el poder, o al menos no ese tipo de poder, sino la libertad. Y además le encantaba viajar. Conociendo la revista y conociendo a Enrico, Ginebra estaba segura de que le habrían planificado la agenda para que no dispusiese ni de un minuto libre.

Escribió a Norman un par de días antes del viaje. Le decía que esperaba estuviese bien, que ella iba a pasar por asuntos de trabajo muy brevemente por su ciudad y que tal vez se encontraran casualmente por la calle.

El inglés le contestó inmediatamente que la calle no le parecía el lugar más adecuado para verse y que además él no solía pasar mucho tiempo paseando. Le preguntaba cuándo llegaba exactamente y en qué hotel se hospedaba.

Ginebra no contestó a ninguna de las dos preguntas. Le sugirió simplemente ir a tomar un té a su despacho por la tarde, durante la única hora que tenía libre.

Aunque no conocía aquella zona de Londres, no le fue difícil encontrar el edificio. Estaba junto al Támesis. Era bastante alto, moderno, de cristal, desnudo y liso pero no frío. Combinaba con el gris del río y el de las nubes; de hecho, el río se reflejaba en él y él en el río. Parecía una película de ciencia ficción en blanco y negro. Era una construcción misteriosa y silenciosa. «Quizá la mejor arquitectura sea la que logra que se haga el silencio a su alrededor y también en su interior», pensó Ginebra. Sabía que se encontraba ante un edificio excepcional cuando al verlo le parecía, y ella no creía en Dios, estar en una iglesia. Había oído hablar alguna vez de aquel edificio. La última —la única que recordaba claramente— a la señora Verdi. Ofelia estaba dentro de un vestidor, probándose un vestido, cuando de repente, sin que viniese a cuento, le había preguntado:

—¿Has sabido algo de Norman? ¿Verdad que es un encanto? Deberías ir a visitarlo la próxima vez que vayas a Londres. Tiene un despacho magnífico. Te encantará.

—Ah, ¿sí? —había contestado Ginebra, y a continuación—: ¿Has visto los pañuelos de seda de la entrada? Son preciosos.

El despacho del inglés ocupaba las dos últimas plantas del edificio. Se accedía a la recepción por una escalera de mármol blanco, que se iba estrechando a medida que ascendía, como la de una pirámide o la clásica escalera de *music hall*. Era impresionante, pero al mismo tiempo Ginebra adivinó allí un guiño del arquitecto. No hacía falta conocer a Norman para advertir que aquello iba medio en serio, medio en broma, no como el exterior.

La recepción era muy amplia, enteramente blanca. En el centro, sentada tras una mesa de cristal, había una rubia espectacular, vestida de blanco, con el pelo, largo hasta la cintura, peinado todo hacia un lado. «Qué magnífica escenografía», pensó Ginebra.

Una secretaria de aspecto más corriente la fue a buscar. A Ginebra le gustaban las inglesas. No tanto las que intentaban ser sexis y se disfrazaban para salir y no conseguían otra cosa que ser vulgares (sólo las mujeres del sur logran ser sexis y vulgares a un tiempo), sino las inglesas serias, un poco estrictas, seguras de sí mismas, inteligentes y con un negrísimo sentido del humor.

En la universidad, Ginebra había querido hacerse amiga de chicas así, pero no había tenido éxito. Creía que la encontraban demasiado alocada y frívola. En los cuatro años que pasó en Londres no logró tener ni una amiga inglesa.

La secretaria la acompañó hasta una sala de reuniones, una habitación espaciosa, con una mesa de madera clara rodeada de sillas. Le dijo que Norman todavía no había llegado, pero que acababa de llamar para avisar que no tardaría. Ginebra pidió un vaso de agua. Más adelante se enteraría de que la secretaria personal de Norman no iba nunca al despacho. Era una mujer mayor que vivía en un pueblo y sólo hablaba con él por teléfono. Almorzaban juntos una vez al año cuando ella iba a Londres para hacer las compras de Navidad, y según Norman era la secretaria ideal y las otras eran simples auxiliares.

Le trajeron el agua a Ginebra y la dejaron sola. No había ni un libro ni un papel, pero una de las paredes era toda de cristal y daba al río. La vista era fantástica. Estaba un poco nerviosa. No sabía dónde ponerse. Apartó dos sillas y se sentó encima de la mesa. Entre la corta falda gris y las botas marrones hasta la rodilla, por las que asomaban los bordes de unos calcetines a rayas amarillas y negras, quedaba al descubierto una parte de sus piernas, todavía morenas.

Llamaron muy levemente a la puerta y, sin esperar respuesta, entró Norman con paso decidido. Ginebra tardaría mucho tiempo en olvidar aquella primera imagen, el primer segundo en que se vieron y reconocieron. Norman vio una habitación vacía con doce sillas alrededor de una mesa larga, y a una mujer con una falda muy corta sentada encima de la mesa y balanceando las piernas. Ella vio que él llevaba un casco de ciclista en la mano y seguía siendo el hombre que había conocido en casa de Ofelia. Norman tiró el casco encima de la mesa, resopló y se disculpó por llegar tarde. Su hijo menor estaba de colonias en Francia, se había olvidado las gafas, y él había tenido que volver a casa a buscarlas, y ahora las iba a mandar por correo urgente. En la mano llevaba un papel donde habían escrito con letras grandes «no olvidar mandar gafas Tom». Ginebra le preguntó la edad del niño. Doce años.

—¿Tienes más hijos?

—Sí, una hija de dieciocho y otro chico de quince.

Norman estaba de pie delante de ella. Ginebra bajó de la mesa dando un saltito. Él se sentó en la cabecera y ella, a su derecha. Los dos se separaron de la mesa. Norman giró su silla hacia Ginebra y cruzó las largas piernas. Ginebra se sentó con la pierna izquierda debajo del culo y la derecha cruzada por encima —como se sentaba siempre, como se solía sentar también su madre—, con la espalda muy recta. Meses después, Norman le contó que en aquella postura desde donde él estaba le veía las bragas, y que fue precisamente en aquel momento cuando se enamoró de ella.

—Y me las enseñaste a propósito —añadió.

—En absoluto —dijo Ginebra, sonriendo avergonzada—. De verdad que no. Y yo me enamoré de ti la primera vez que te vi.

Y podría haber añadido: «Como siempre. Lo que no ocurre en los primeros cinco minutos no ocurre nunca.»

Ya no estaba tan nerviosa. Norman le gustaba, le parecía divertido y listo y elegante. Siempre iba vestido igual, con ropa clásica y un poco aburrida —trajes negros o azules o marrones o beiges, camisas blancas o azul claro, corbatas (cuando eran imprescindibles) discretas y zapatos marrones o negros de cordones—, nunca llevaba prendas caras, lo usaba todo hasta que se caía de viejo y, como iba en bicicleta a todas partes, siempre estaba un poco arrugado. Era cierto que la ropa no le interesaba en absoluto, pero tenía buen gusto y apreciaba las cosas bonitas.

Ginebra se sentía llena de confianza. Estaban al inicio de la relación, para él ni siquiera había empezado todavía, y nada importaba mucho, ninguno de los dos se jugaba realmente nada. Todo era positivo, alegre, liviano. Casi no se conocían, no había nada todavía entre ellos, ninguna negativa, ninguna limitación, todo era posible —Ginebra pensaba que todo era posible— y al mismo tiempo nada importaba demasiado. El estado ideal para Ginebra: me muero por él y en cierto modo me importa un pepino.

Norman le preguntó por su trabajo y la dejó hablar. Ginebra le contó muchas cosas —era ella la que iba a desplegar su mundo ante él—, de sus estudios de arquitectura, del rigor de su familia que la forzaba a estar siempre a la altura, a dar la talla, de su tempranísima pasión por la moda, de sus ideas, sus objetivos, sus sueños, sus dudas.

Norman, a pesar de ser uno de los arquitectos más destacados de su país, casi no habló nunca —ni aquel día ni más adelante— de su trabajo, o lo hizo muy de pasada. Le gustaba lo que hacía y le alegraba ganar premios y concursos, pero no era vanidoso. En más de una ocasión, Ginebra se enteró de sus éxitos por la prensa o por terceras personas, y no por él directamente.

Aquel día estuvo de acuerdo en muchas de las cosas que ella dijo, bromeó cuando vio que se ponía seria, le hizo más preguntas, comparó sus dos negocios y se ofreció a ayudarla en cualquier cosa que necesitase. Y, sobre todo, la miró todavía desde fuera, pero ya sonriendo por dentro, confiado también. No con la confianza de Ginebra, sino con la de alguien que es consciente de cuál es su lugar en el mundo y sabe que va a actuar en consecuencia, como siempre lo ha hecho, la confianza tranquila de quien sabe que el orden de su mundo depende sobre todo de él y que su obligación es mantenerlo.

Hasta aquel momento, Ginebra no había salido nunca con un hombre adulto de verdad.

Estuvieron juntos una hora. Ginebra no disponía de más tiempo y a él le esperaban en una reunión. La acompañó hasta la puerta de la calle. Por el camino se cruzaron con alguno de sus empleados, chicos y chicas bastante jóvenes, vestidos de manera informal, que la miraron con curiosidad. Le pareció que Norman era distante con ellos, como si no quisiera perder un minuto más de lo necesario. Debía de ser un jefe exigente, pensó Ginebra. Y, efectivamente, lo era.

Trabajaba muchísimo, se tomaba lo que hacía muy en serio y esperaba lo mismo de sus colaboradores. La relación con ellos nunca pasaba de lo profesional y, si bien era cierto que todos los empleados —hasta los becarios— estaban bien pagados, se les exigía rendir al máximo y, cuando no funcionaban, eran despedidos sin demasiados miramientos. Meses después, Ginebra leyó un reportaje sobre el despacho del arquitecto donde una periodista que había pasado allí un día entero, pegada a Norman, aseguraba que la palabra más utilizada por el inglés en las reuniones era «patético», palabra que Ginebra no le oyó ni una sola vez.

Quedaron en verse en la próxima visita de él a Barcelona. Al despedirse la volvió a besar en los labios, y de nuevo fue un beso muy breve, muy rápido. Se quedó en la puerta, viendo cómo ella se alejaba. Ginebra no se giró, pero le veía como si lo tuviera delante de los ojos. Hacía un día espléndido. Londres era una ciudad maravillosa y sólo podían ocurrir cosas buenas.

Se volvieron a ver dos meses más tarde.

De regreso Ginebra en Barcelona, se escribieron un par de e-mails —de nuevo muy educados, muy correctos, lo cual encantaba a Ginebra, habituada a intercambiar mensajes mucho más locos y apasionados— en los que ella le daba las gracias por el té y él contestaba que había sido un auténtico placer verla y oírla hablar con tanto entusiasmo de su trabajo, y que esperaba podrían pasar más tiempo juntos en Barcelona, ¿no había ninguna posibilidad de que volviese ella antes a Londres?

Ginebra no contestó. En realidad hubiera podido regresar a Londres con cualquier excusa, o sin excusa ninguna, pero ni se le ocurrió hacerlo. A Ginebra le gustaban los comienzos —hay caminos que sólo se pueden recorrer una vez con cada persona, y sólo al principio—, con los novios, con las amigas, con los proyectos, con todas las cosas nuevas que de repente la entusiasmaban. Y se cansaba muy deprisa de todo. Cuando las cosas caían, lo hacían en picado y desde muy alto, y luego las olvidaba.

En Barcelona habían acordado ir juntos a una fiesta en el Colegio de Arquitectos, pero encontrarse antes en el bar de un hotel donde él tenía unas reuniones de trabajo. Ginebra llegó un poco tarde. Se acercaba Navidad, y la ciudad era, como todos los años, una locura. También sus clientes andaban nerviosos, no se decidían, cambiaban de opinión, la telefoneaban a horas intempestivas. Todo era urgente. Enrico ya se había marchado a Italia de vacaciones, y ella se iba la semana siguiente con Manue y con su novio a la casa que la familia tenía en los Alpes. Antes había que resolver mil cosas.

El bar del hotel estaba llenísimo. En época de ferias se utilizaba como punto de reunión. De hecho había personas que ni pisaban la feria, tenían todas las citas en los bares de los hoteles.

Ginebra vio a Norman en la barra, hablando con Pablo y con una chica a la que no conocía. Era muy joven, guapa y sofisticada, pero no lo bastante para poder llevar colgado al hombro aquel carísimo bolso francés de cuero rígido cubierto de anagramas. «Hace falta mucho *glamour*», pensó Ginebra, «para poder llevar algo tan feo y tan vulgar».

Era una de las admiradoras de Pablo, que también tenía una novia de toda la vida, una chica alemana que vivía en Hamburgo, con la que Ginebra opinaba acabaría casándose, a menos que ella perdiera la paciencia antes, lo cual no parecía probable. Ginebra la había visto en un par de ocasiones. No se inmutaba por nada, era una de esas personas que parecen ausentes, como si no estuviesen allí, con la mirada siempre clavada en el infinito.

Los tres estaban de pie. Se reflejaban en el espejo que había detrás del estante de las botellas. En aquel momento quedó libre un asiento y se lo cedieron inmediatamente a Ginebra. Vio que Norman le miraba las piernas mientras se encaramaba al taburete. Había empezado a hacer frío y Ginebra llevaba una falda negra corta —sólo tenía faldas cortas— y unos leotardos también negros. Él llevaba corbata y traje oscuro. Era la primera vez que Ginebra le veía con corbata. Parecía un colegial inglés. Seguro que de pequeño debía de tener exactamente el mismo aspecto y era evidente que estaba habituado a usar corbata desde niño. Se le notaba cómodo. «La mayoría de hombres que llevan corbata tienen pinta de esclavos con la soga al cuello», pensó Ginebra, «pero éste no.» Delgado y alto y desmadejado, con cara de asombro y de curiosidad, nariz afilada, risa fácil y explosiva, y andares un poco torpes, como si no supiera qué hacer con unos brazos y unas piernas tan largos. A veces daba traspiés y recordaba a alguno de esos pájaros que Ginebra había visto sueltos por el zoo, las patas como palillos y un gran pico ganchudo, caminando tambaleantes, inofensivos, sabios despistados y solitarios entre los visitantes.

Estaba un poco nervioso, y Ginebra también. Él porque no sabía todavía con certeza lo que cabía esperar, y ella porque lo sabía muy bien. Tomaron una copa con Pablo y con su amiga. A Ginebra le pareció que Pablo adivinaba lo que ocurría entre ella y Norman, y no le extrañó. Era un tipo muy sensible, y la atracción entre dos personas le parecía a ella algo casi palpable, como si el aire se espesara y enrareciera alrededor de la pareja. También percibía inmediatamente la atención de alguien sobre ella, y a veces le resultaba muy molesto, como si le enroscaran una bufanda al cuello en pleno verano. Pero en general le gustaba ser el centro de atención, necesitaba que la mirasen.

Norman había alquilado una bicicleta para desplazarse por la ciudad, y a Pablo le parecía lo más extravagante y gracioso del mundo.

—¡Los ingleses sois geniales! ¡En bici por Barcelona! Norman, aquí sólo van en bici los extranjeros, los vegetarianos y los políticos en campaña. De verdad. Es realmente peligroso. Si hubieses alquilado una moto, todavía. —Y dirigiéndose a Ginebra—: Aunque tampoco le veo demasiado encima de una moto a su edad.

—Si permiten que vayas tú, que tienes cinco años de edad mental —dijo Ginebra riendo—, no veo por qué no va a poder ir él. Y se está poniendo muy de moda ir en bici por Barcelona.

Norman explicó que tenía la costumbre de alquilar bicicletas en todas las ciudades del mundo, incluida Nueva York, porque era la manera más rápida y cómoda y económica de desplazarse. Meses más tarde le contaría a Ginebra que su padre, uno de los hombres más ricos de Inglaterra, iba en metro a todas partes, y ella replicaría que, caso de vivir en Londres, cogería un taxi hasta para ir a comprar el pan a la vuelta de la esquina, porque los taxis de Londres eran una delicia, los mejores, como saloncitos rodantes.

Empezaba a ser tarde y tenían que marcharse. Ginebra le dijo a Norman que no había traído la moto, porque habían quedado en ir juntos y no quería llegar sola a la fiesta. Pablo comentó en broma que lo mejor sería que Norman la llevara en su bici.

—¡Sí, sí! —exclamó Ginebra—. ¡Es una idea genial! ¡Me encantaría!

—Muy bien, pues en marcha —dijo Norman.

—Ya imagino los titulares de la prensa de mañana —dijo Pablo, mientras ellos dos se dirigían a la puerta de salida—. Arquitecto inglés y estilista barcelonesa perecen en terrorífico accidente...

Subieron a la bicicleta. Era de noche pero no hacía demasiado frío. Él iba delante y ella se sentó detrás, en el lugar destinado a transportar paquetes. Estaba muy inclinado, pero ni se dio cuenta: le parecía el mejor lugar imaginable. Los morados que se hizo con los hierros de la bici le dejaron los muslos marcados durante semanas. Norman había estudiado el plano de la ciudad y sabía adónde iba. Conducía bien, con seguridad, y, a pesar de estar muy delgado, era un tipo fuerte. No parecía costarle ningún esfuerzo llevarla a ella detrás. A veces conducía de pie sobre los pedales, y a veces se sentaba.

Hacía mucho tiempo que a Ginebra nadie la llevaba en bici. Veía las luces de los coches, de la ciudad, las iluminaciones navideñas, y de repente se sintió un poco mareada, como si hubiera bebido. Respiró hondo y cerró los ojos un instante. Sonrió.

Recorrieron la ciudad con la despreocupación absoluta de quienes son felices. Sólo importaba aquel instante. En el mundo no existía otra realidad que ellos dos en bicicleta y la noche que acababa de comenzar. Se encontraban justo donde querían estar. Y Ginebra —que no estaba nunca quieta, nunca del todo en ningún sitio ni con nadie, siempre en lo que estaba por llegar— deseó no olvidar nunca ese momento: el aire fresco en las mejillas, la espalda de Norman, los transeúntes y los ocupantes de los coches mirándoles divertidos, el nerviosismo, la excitación, cuando se atrevió a soltar las manos del sillín y ponerlas en la cintura de él, mientras la bicicleta recorría veloz las calles como si fuera lo más normal del mundo —era a la vez lo más normal y lo más extraordinario—, sin detenerse, porque aquella noche todos los semáforos estaban verdes a su paso, y en el primero que estuvo en rojo y les forzó a detenerse Norman se giró y la besó sin decir palabra, y esta vez se besaron los dos.

Fue una fiesta redonda. Estaba lleno de amigos y

de gente conocida, todos de buen humor, y se había bebido bastante. Lo pasaron bien. Se habían separado al entrar, pero, aunque hablaban, sonreían y coqueteaban con otras personas, en realidad sólo estaban pendientes el uno del otro. Ginebra se sentía eufórica, todo le parecía divertido, y, cada vez que miraba a Norman, él también la estaba mirando a ella.

Salieron juntos y pasearon por las calles desiertas, casi sin hablar: había terminado el tiempo de las palabras. Hay un momento —dura apenas unos segundos— de vértigo y de ceguera antes de empezar a besar de verdad a alguien por primera vez. De nuevo Wendy en el alféizar de la ventana, a punto de poner un pie en el vacío y coger la mano que le tiende Peter Pan. ¿Estaba seguro Peter Pan —uno de los mayores seductores de la historia— de que Wendy se iría con él? ¿No sintió, durante dos segundos, el mismo vértigo?

Norman se detuvo, la miró muy serio:

—Sabes que estoy casado, ¿verdad?

—Claro, ¿y qué? —replicó ella.

Pasaron los dos días siguientes juntos, como hipnotizados, como sonámbulos. Sólo se separaban para que él pudiera asistir a las reuniones importantes, y Ginebra canceló todos sus compromisos menos los que coincidían con los de él.

Los dos se volvieron locos, los dos parecían tontos. A veces el amor nos convierte en personajes de novela rosa. No podían dejar de tocarse. Hubiesen querido tener al otro bajo un microscopio, analizar y morder cada partícula, cada milímetro de piel y de lo que había debajo de la piel. Si Norman terminaba una reunión antes de lo previsto, o si por casualidad disponía de media hora libre o tenía la suerte de que le cancelaran un almuerzo, llamaba a Ginebra para adelantar o improvisar una cita con ella, aunque fuesen sólo quince minutos. Llegaba a toda prisa en bicicleta, y ella le recibía con la puerta ya abierta. Parecían dos muertos de hambre.

Hablaban poco. Comprendieron desde el principio que ellos sólo se podrían expresar libremente en silencio. Mirándose el uno al otro se dijeron cosas mucho antes de hacerlo con palabras, se dijeron cosas que nunca llegarían a decirse. Durante dos días casi no salieron, sólo una vez a cenar y otra al cine, y se durmieron cada noche mirándose a los ojos.

El último día Ginebra le acompañó al aeropuerto. Se despidieron sin hacer planes, tal como habían pasado aquellos días: sin hablar mucho, sin preguntar. Norman sería siempre muy cuidadoso con Ginebra, intentaría no tomar decisiones precipitadas, la escucharía e intentaría hacer lo correcto y, a la vez, lo que la hiciera más feliz. La madre de Ginebra siempre decía que la gente realmente educada no era la que lo era con el portero o con los amigos, sino con el cónyuge, que la inteligencia también debía servir para querer mejor y que más valía enamorarse de un tipo listo.

Ginebra se despidió intentando no darse cuenta de que aquello era una despedida. Se sentía feliz y desorientada. Quería volver a su casa —había pasado todos los días en el hotel del inglés—, dormir, darse un baño, tomar el té con Manue y mirar números atrasados de revistas de moda. Era hora de retomar su vida, contarles a sus amigas lo que había ocurrido, pensar. Se sentía agotada. «Quizás estoy enferma», pensó preocupada, llevándose una mano a la frente. «Puede que tenga una enfermedad grave.» Era dramática y exagerada y pasaba a menudo de considerarse inmortal a temer que se estaba muriendo.

Pero en aquellos momentos el inglés seguía allí con ella, en el taxi, camino del aeropuerto, acaricióndole la rodilla y diciendo que la llamaría al llegar a Londres. Ginebra estaba tan cansada que apoyó la cabeza en el hombro de Norman y se durmió.

Los días siguientes pasaron muy deprisa, los vivió como si realmente convaleciera de una enfermedad. Volvió despacio a la normalidad, y pasó a menudo de etapas de euforia a etapas de agotamiento.

Él la telefoneó, como había dicho, al día siguiente, y a partir de entonces lo haría todos los días. Era un hombre de costumbres.

Y le mandó una carta:

Mi querida Ginebra:

Son las 11.30 de la mañana y te escribo desde mi despacho, sentado al ordenador. Estoy muy cansado y quiero ir a dormir. Pienso qué excusa voy a dar para irme a la cama lo antes posible. Sin embargo, necesito escribirte. No porque escribir me vaya a servir de consuelo al hecho de no poder verte, de no poder estar contigo, pero creo que es mejor que nada, ¿verdad?

Sigo intentando asimilar, con el corazón, con la cabeza y con el cuerpo, lo ocurrido en Barcelona. En parte estaba predestinado —aunque yo no crea en estas cosas— desde el primer instante en que nos vimos en aquella cena y hubo aquella conexión eléctrica entre nosotros. Desde que estuviste, luego, en mi despacho, no dejé de sufrir abrumadoras fantasías en las que te hacía el amor (hasta que la fantasía se convirtió en realidad y fue mil veces más intensa y mejor que cualquier fantasía). Y todo se consumó cuando nos encontramos el jueves en el bar del hotel, como por arte de magia, como en un sueño maravilloso.

Sigo aturdido y deslumbrado. Y no puedo pensar en ti sin que tenga un efecto inmediato —espero que no visible, pues ocurre constantemente— dentro de mis pantalones. Pienso en ti y no puedo evitarlo. Eres la mujer más increíblemente sexi y guapa que he visto nunca, y hacer el amor contigo es una experiencia única, que me ha llevado a lugares donde no había estado antes y a los que estoy desesperado por volver. Desesperado ahora mismo, en este preciso instante, mientras te escribo esta carta —tan poco británica— donde te cuento lo que siento por ti.

Pero ¿qué ocurrirá en el futuro? Es una pregunta peligrosa, y sé que te pone incómoda y que no quieres hablar de ello. La respuesta —y me entristece mucho, créeme, me entristece muchísimo que sea así— no resulta sencilla. Los dos tenemos vidas complicadas en ciudades diferentes. Familia, obligaciones, trabajo. Nada de eso va a desaparecer, y nada de eso puede ser destruido ni ignorado. Pero ¿sería pedir demasiado —yo desde luego lo deseo y sueño con ello— esperar que podamos encontrar de vez en cuando manera de vernos?

Quizá no pueda ser a menudo, y seguro que no será fácil, pero esta complicación y excepcionalidad harán nuestros encuentros más especiales y valiosos. Hay una feria de la moda en Londres, y quizá se podría planear un viaje a Nueva York. O encontrarnos en París, o en cualquier otro lugar. Lo deseo con todo mi corazón. Eres una persona muy especial y quiero volver a besarte, coger tu mano en el cine, hacer el amor contigo. ¿Te he dicho que adoro tus manos?

Sé que no ocurrirá a menudo y que no será fácil, pero albergo la esperanza de que sí ocurra de vez en cuando. En un universo paralelo —el de las ilusiones y las fantasías— seríamos libres para estar siempre juntos, y en mis sueños estamos siempre estrechamente abrazados. Pero sólo podemos vivir en nuestros corazones y en nuestra imaginación. Hagamos, pues, todo lo posible dentro del mundo real del que disponemos, mucho más complicado y menos feliz; luchemos por protegernos el uno al otro, y por proteger este secreto milagroso que ambos compartimos y que me hace tan dichoso. Significa muchísimo para mí.

Te cubro de besos desde las puntas de los pies hasta las orejas, e imagino que estoy en tus brazos, disfrutando del increíble placer que me das. ¡Eres un milagro!

Apasionadamente tuyo,

NORMAN

La carta estaba escrita en cinco postales: un bode-
gón de Picasso, un desnudo de Matisse, otro de
Kirchner, una Venus de Cranach y el detalle de una
rama con un pájaro azul y amarillo de un alemán
desconocido del siglo XV. La leyó sin respirar. Mil
veces. A su manera. Como todos lo hacemos a veces
—sobre todo las mujeres, sobre todo en cuestiones
de amor—, captando con intensidad lo que sí deseamos y sin ver lo que no queremos ver, o lo que de
nada serviría ver porque es ya demasiado tarde.

Ginebra nunca contestó esta carta. No logró escribir y mandar una respuesta. No sabía escribir cartas
de amor. Se pasaba el día hablando de sus sentimientos con sus amigas y dándoles vueltas en su cabeza,
pero era demasiado perezosa para ponerlos por escrito. Y, cuando lo intentó, le pareció que sus sublimes
sensaciones y pensamientos resultaban ridículos, vulgares y llenos de tópicos.

Pero contestó la carta de mil maneras diferentes,
durante casi un año, y Norman lo entendió. Y ella,
que no guardaba nunca nada, ni fotos, ni cartas, ni
recuerdos, nada —«lo importante quedará, se ha quedado ya, seguro, en algún rincón de mi cabeza, y lo
demás no me hace ninguna falta», decía—, sí conser-
vó esta primera carta.

—Sólo es una postal, Ginebra —dijo Manue—. La gente las solía mandar a menudo, ¿sabes?, antes de que hubiese e-mails.

Ginebra estaba sentada en la cocina. Llevaba una falda vieja y una camiseta descolorida de manga larga, y tenía el cabello mojado. Levantó la cabeza. Sonrió. Tenía cara de sueño, pero se sentía plenamente recuperada y feliz. No había oído entrar a su amiga. Estaba mirando muy concentrada una de las postales. Le daba una y otra vez la vuelta, la escudriñaba del derecho y del revés, como si le pareciera increíble que un objeto así hubiera llegado a sus manos y buscase una explicación.

—Muy graciosa.

Manue se sentó al otro lado de la mesa, frente a ella, mirándola. Con cuidado y como si estuviese haciendo un truco de magia, Ginebra fue colocando las cinco postales boca abajo, alineadas por orden.

—*Et voilà!* Me ha mandado una carta maravillosa. —Quedó callada un momento, pasó un dedo por encima de las postales, miró a su amiga, que la observaba—. ¿Quieres que te la lea?

Recogió las cinco postales de golpe, como si se tratara de una baraja de naipes. Empezó a leer en voz alta. Se detuvo. Miró a Manue.

—Prefiero que no me la leas —dijo ésta—. Es algo tuyo.

—Tienes razón.

Manue se levantó.

—¿Tienes hambre? ¿Cenamos?

—No tengo ni pizca de hambre. Cuando me enamoro, dejo de comer. Es automático. Las agencias de contactos deberían usarlo como eslogan: «Enamorarse adelgaza.»

—¿Estás enamorada?…

Manue sonreía.

—Si casi no le conozco…

—Siempre dices que uno puede enamorarse en un minuto.

—Pero ya sabes que soy una mentirosa…

Manue retiró el té que Ginebra tenía delante, cortó unos pedacitos de queso y de jamón, y sirvió un Kir Royal para ella y otro para su amiga.

—¡Feliz Navidad, querida! —dijo Ginebra, alzando su copa—. Por los hombres maravillosos y que no nos causan problemas.

La bebió de un trago. Era la primera que tomaba después de la marcha del inglés y estaba buenísima. En su casa siempre había champán. Recordaba que, cuando ella era pequeña, la nevera estaba a menudo vacía, pero nunca faltaban un cuenco enorme lleno de comida para los perros de su madre —una mezcla nauseabunda de arroz hervido e hígado— y un par de botellas de champán. «Siempre hay que estar preparado por si surge algo que celebrar», decía.

Se sirvió otra copa.

—Por los hombres maravillosos que nos dan placer y nos hacen felices y nos dejan en paz.

—Por ellos… ¡y que Dios los proteja! —dijo Manue, riendo—. Y recuérdame que no te encargue el discurso de mi boda.

—¿Te vas a casar? —Y, sin dejarle abrir la boca—: ¡Claro que te vas a casar! ¡Seguro! ¡Con Guillermo! ¿Cuántos años lleváis ya? ¿Tres? Y nosotras ya no viviremos juntas…

—Ginebra, de momento no me voy a casar. Y ¿a ti no te gustaría casarte algún día y dejar de tomarte la vida como si fuese siempre la hora del recreo?

—No, me parece que no. Aunque si el novio fuese inmensamente rico… —Le guiñó un ojo, y luego, repentinamente seria—: ¿Qué voy a hacer sin ti?

—Madurar, quizás. Anda, ve a hacer la maleta.

Al día siguiente se fueron a pasar las Navidades a los Alpes.

—De acuerdo, voy a ir contigo —había dicho Ginebra—. Pero prométeme que esta vez no tendré que esquiar y hacer el ridículo más espantoso delante de tus hermanos mientras tú te ríes, ni me obligaréis a participar en excursiones que empiecen al amanecer, ni tendré que salir a respirar aire puro cuando en el exterior haga una temperatura de diez grados bajo cero.

A Ginebra sólo le gustaban las ciudades.

—No te lo puedo asegurar —había contestado Manue—. Las vacaciones navideñas no serían lo mismo sin tus exhibiciones de esquí.

Desde que sus padres habían muerto seis años atrás en un accidente de automóvil, Ginebra había ido cada año a pasar las Navidades en el chalet que poseía la familia de Manue junto a la frontera italiana. Tenía un hermano, bastante mayor que ella, que llevaba años viviendo en Brasil. Era guitarrista en una banda de rock. No tenían mucha relación. Hablaban por teléfono de vez en cuando y le veía cuando su grupo, en una gira, actuaba en Barcelona. Ni siquiera fue a las exequias de sus padres. Llamó a Ginebra y le dijo que lo lamentaba, pero que no le gustaban los funerales y que estaba, además, demasiado afectado. Un tiempo después intentó hacer de hermano mayor desde Brasil —incluso la invitó a visitarle y le propuso llevarle los asuntos financieros—, pero con escaso éxito. Ginebra sólo le había hecho caso a su madre, y, muerta ésta, descubrió que podía prescindir perfectamente de los consejos de los demás si quería hacer su santa voluntad.

Estuvieron una semana en las montañas, hasta Año Nuevo. Lo pasaron bien. Manue tenía cuatro hermanos, y en la casa había un trasiego constante de familiares y amigos. Cocinaban, bebían sin parar, jugaban a las cartas, fumaban porros, esquiaban —los miembros de la familia de Manue eran excelentes deportistas—, organizaban juegos para los niños, bailaban, leían, veían películas y discutían constantemente. Durante unos días, a Ginebra le pareció formar parte de una familia normal.

No habló con Norman en toda la semana. El inglés estaba de vacaciones en Israel, con su mujer y sus tres hijos. Eran judíos, descendientes de banqueros alemanes que tuvieron que abandonar su país antes de que empezara la guerra. Y, aunque él no era creyente, en la familia se celebraban y seguían la mayoría de las fiestas y costumbres hebreas. Además, Norman era una personalidad destacada y activa de la comunidad judía de Londres. Formaba parte de la junta directiva de varios comités, presidía una fundación y estaba comprometido con muchas asociaciones. A pesar de ser muy crítico con la política de Israel, viajaba allí como mínimo dos veces al año. Durante aquella semana se mandaron por el móvil mensajes muy apasionados. Se escribían cosas que no se hubieran atrevido a decirse de palabra, fantasías en las que estaban juntos de maneras distintas. Ella empezaba el juego haciéndole una sugerencia, y él la seguía siempre. A Ginebra le daba un vuelco el corazón cada vez que oía el pitido indicativo de que le había llegado un mensaje.

Regresaron a Barcelona. La mayoría de sus amigos estaba de vacaciones hasta después de Reyes, había menos llamadas y trabajo que de costumbre, era agradable.

Se había citado con Miguel en un bar del centro. Hacía mucho que no se veían. Siempre era así con Miguel: había temporadas en que hablaban y se veían constantemente, y luego, de repente, desaparecía sin que hubiera ningún motivo especial. Estaba de viaje, o muy absorbido por otros amigos, o tenía mucho trabajo (salir a tomar copas formaba para él parte de su trabajo: nunca se sabía de dónde podía surgir la idea para un buen libro). Y luego volvía a reaparecer. Cada vez que ella pensaba que podía acabar estableciéndose entre ellos una auténtica amistad, él se esfumaba de su vida, y, cuando aparecía de nuevo, para Ginebra significaba en cierto modo empezar de cero. Ginebra creía que las amistades eran como los amores, quizá duraban un poco más, pero solían acabar. Miguel no lo entendía así. Era muy leal, y consideraba que si eras amigo de alguien, lo eras para siempre y punto, sin necesidad de que te lo demostraran a cada paso.

Era imposible citarse con Miguel para dos días más tarde o para la semana siguiente. Llamaba siempre de forma inesperada y quedaba para dentro de una hora, dos como máximo. Pero en esta ocasión Ginebra tenía ganas de verle y se alegró de que la llamara. Después de una semana en las montañas, le apetecía salir.

Recorrió en moto las calles que había recorrido con Norman hacía sólo quince días —parecía una eternidad— y le extrañó que la ciudad siguiese igual: la misma luz, la misma temperatura, las mismas iluminaciones navideñas, aunque él no estuviese allí. Era como si hubiesen dejado puesto un decorado después de que hubiera terminado la función, como si la ciudad la estuviese traicionando. «¿Qué hacen aquí estas calles, esta gente, si nosotros ya no estamos?», pensó, indignada y triste. Aceleró.

Llegó tarde como siempre. Los dos llegaron tarde, como siempre. Normalmente quedar con Miguel significaba quedar con él y con las otras quince personas a las que aquel día se le había ocurrido convocar. Tenía dos móviles, y a menudo, con uno en cada mano, enviaba mensajes o hablaba simultáneamente por los dos. Y, a partir de cierta hora, tenía siempre una copa delante. El bar donde la había citado era como su propia casa; de hecho tenía varios bares, no sólo en Barcelona, sino también en Madrid, en Londres o en Nueva York, donde se sentía en casa. Los barmans le adoraban. Era encantador, y las cuentas y las propinas, desmesuradas.

Ginebra se sorprendió al verle solo.

—¿Dónde está la multitud que siempre te rodea? —inquirió mientras le daba un beso.

Se encaramó con cuidado al taburete, porque sabía que eran resbaladizos. Nunca había visto que se cayera nadie, pero ella no podía evitar deslizarse, una vez que se había sentado, y estar de nuevo de pie. Pero aquel local, que le había descubierto Miguel hacía tiempo, le encantaba. Era una coctelería pequeña, con una barra no muy larga y sin mesas. La decoración era discreta y bonita, preparaban unas copas exquisitas, y había pasado allí noches memorables. «Es uno de esos lugares», pensaba, «donde estás a salvo, donde no te puede ocurrir nada malo.»

—Hoy he querido quedar sólo contigo —coqueteó él.

—Ya. Y todo el mundo está de vacaciones, ¿no?

—Sí, eso también.

Pidió una copa para Ginebra. Las pedía siempre él, y a veces ni siquiera le consultaba, le ponía directamente algo delicioso en las manos. Y a ella le encantaba. En esta ocasión encargó un *whisky shower* para él y un *cuban punch* para ella.

Se pusieron al día. O mejor dicho, Miguel preguntó y Ginebra contó, o Ginebra contó sin necesidad de que le preguntaran. A pesar de ser extremadamente sociable, Miguel era muy discreto. Le interesaba y a menudo le divertía lo que pudieran contarle los demás, pero nunca lo repetía, y si uno prestaba atención, descubría que casi nunca revelaba nada de sí mismo. No era fácil conocerle, porque guardaba las distancias. A eso se debía que sus análisis de las situaciones fueran tan certeros, tan inteligentes. Era desapasionado, frío y realista, salvo con los muy amigos. Con ellos, el afecto y la lealtad le nublaban a veces la

capacidad de discernimiento. A Ginebra, se la nublaban otros factores, la belleza y el *glamour*.

Le contó que acababa de iniciar una historia con
Norman. Y Miguel le dijo que se alegraba mucho, que
le parecía un gran tipo y que le había caído muy bien
la noche que le conoció en casa de Ofelia.

—Sí, es un hombre encantador —reconoció Ginebra, mientras pasaba un brazo por debajo del de Miguel y apoyaba la cabeza en su hombro—. Le echo de
menos.

Lo dijo muy bajito y casi sin darse cuenta. Era la
primera vez que lo decía y la primera vez que se atrevía a pensarlo. Le pareció que se acababa de romper
un collar de perlas, y que las perlas volaban por los
aires y se desparramaban por el suelo. Se llevó las
manos a la garganta.

Miguel la miraba sonriendo. Le dio unas palmaditas en el hombro.

—Miguel, no me tomas en serio —protestó ella—,
y te aseguro que estoy un poco desesperada.

—Sí te tomo en serio, pero, francamente, no veo
motivos para el drama. ¿Le echas de menos? Pues ve a
verle.

Le giró la mano y le dio un beso en la base de la
palma.

Dos semanas después estaba en Londres. Fue el primero de muchos viajes. El inglés se mostró entusiasmado con la idea de que Ginebra fuese a pasar un par de días allí. Hablaron horas por teléfono, lo planearon todo. Parecían dos niños ante un juguete nuevo. Él quería saber a qué restaurantes le hacía ilusión ir, si prefería el teatro o los conciertos, si sabría cómo llegar desde el aeropuerto, la hora exacta de llegada del vuelo —se lo preguntó veinte veces—, si tenía en cuenta que allí hacía frío y que, a pesar de que no iban a pasar mucho tiempo en la calle, era conveniente que llevara ropa de abrigo. Insistió en reservar y pagar el hotel.

Pero Ginebra quería alojarse en su hotelito de siempre —el mismo al que solían ir ya sus padres— y se negó a que él lo pagase. Le parecía que no había entre los dos confianza suficiente.

Contaban las horas que faltaban para volver a estar juntos. A medida que se acercaba el día, las conversaciones telefónicas se hacían más íntimas e impacientes, los mensajes más intensos, como si fuera imposible esperar un día más, un minuto más.

Dos días antes del viaje, con la maleta a medio hacer, el billete de avión en la mano y la seguridad de que iba a estar con él, Ginebra se decía que nunca había sido tan feliz, que nunca había sentido lo que ahora sentía. O tal vez en realidad sí lo había sido, pensaba en algunos momentos de lucidez, pero lo había olvidado. Quizá sólo las personas muy fuertes pueden recordar lo que se siente cuando uno está enamorado y es correspondido. Los demás lo olvidan, pues, de no ser así, les resultaría imposible moverse por el mundo, abrir siquiera los ojos por las mañanas, sabiéndose desposeídos de esta luz. Y necesitan inventar comienzos y finales, abrir y cerrar capítulos, vivir una y otra vez primeras veces. Quizá no sólo se busca lo mismo a lo largo de toda la existencia, sino que a menudo se busca del mismo modo.

Llegó a Londres temprano, para ir más deprisa no había facturado la maleta. El hotel donde se alojaba había pertenecido siempre a la misma familia. Era pequeño, acogedor, un poco anticuado. Estaba en una callejuela de un barrio que conocía bien y que le encantaba, lleno de restaurantes y tiendas de ropa, detrás de Oxford Street, a cuatro pasos de la Wallace Collection y del Wigmore Hall, deliciosa sala de conciertos de principios del siglo XX, especializada en música de cámara, y a cinco minutos de Dunt, un lugar maravilloso, la mejor librería de Londres, y para Ginebra, del mundo. Esta librería se acabó convirtiendo en un refugio, donde pasaba horas mirando libros y pensando. Conocía a los dependientes y le parecía que ellos también la recordaban. Un día que fue muy temprano vio a un hombre algo mayor —los que atendían eran muy jóvenes—, pensó que debía de ser el dueño y estuvo a punto de acercarse a él y darle las gracias. Aunque, de hecho, no era muy aficionada a la lectura. Podía pasar meses sin abrir un libro, hasta que un día caía uno en sus manos, se entusiasmaba con él, no lo soltaba hasta acabarlo y luego iba a la librería y compraba ejemplares para todos sus amigos.

En cuanto aterrizó, la llamó Norman para darle la bienvenida, preguntarle si había sido un buen vuelo y decirle lo maravilloso que era tenerla allí. Ya en el hotel, Ginebra le envió un mensaje que contenía sólo el número de su habitación. Él contestó que llegaría en veinte minutos.

Ginebra estaba nerviosa. Se duchó a toda prisa. No sabía qué ropa ponerse o quitarse, si había en la habitación demasiada luz o demasiado poca, si era mejor abrir o cerrar las cortinas. Vació la maleta en el suelo buscando una camiseta, luego recordó lo ordenado que era Norman y lo volvió a meter todo dentro de cualquier modo. Encendió y apagó la tele, se tumbó en la cama, le pareció que llamaban a la puerta, fue a abrir y no había nadie, se sentó y trató de leer, el corazón le latía con tal fuerza que creía oírlo resonar en toda la habitación. Bebió un vaso de agua.

Poco después, Norman llamaba a la puerta muy suavemente, como aquella primera vez en su despacho. Se abrazaron al lado de la ventana, torpemente. A Ginebra le temblaban los brazos y las piernas. «Si me suelta, me voy a caer redonda», pensó. Quería decirle mil cosas, pero de repente había olvidado el inglés. Sentía un nudo en el estómago. Le sonrió.

—Estás un poco nerviosa —dijo él—. Y yo también.

La empezó a desnudar. Y de nuevo a dos personas inteligentes que en realidad no tenían demasiado en común les pareció que se comprendían sin palabras, que se necesitaban, que estaban hechas la una para la otra, que el otro —y cada uno de sus gestos— era perfecto y que siempre seguiría siendo así.

Más tarde, Ginebra descubrió maravillada un agujero en los calcetines de Norman y se estuvo riendo durante una hora. Aquellos calcetines agujereados, que en cualquier otra circunstancia hubiese calificado de dejadez, le parecieron lo más encantador y gracioso del mundo.

Todas las mañanas, muy temprano, Norman llegaba al hotel con el desayuno. Siempre el mismo: té con leche, cruasán y zumo de naranja. Aunque fuese pronto, Ginebra ya llevaba un rato dando vueltas en la cama, medio despierta, esperándole impaciente. Él llamaba a la puerta, entraba, le daba los buenos días, se desnudaba y se metía en la cama con ella. Serio, concentrado, sin perder tiempo, sin preámbulos. Uno no

se acuesta con alguien del mismo modo por la mañana que por la noche. A Ginebra le encantaba ver cómo
se sentaba en el borde de la cama y se quitaba los zapatos de cordones.

«Este señor tan formal y respetable, con su traje
oscuro, su corbata y su cartera, se acaba de levantar en
otra cama al lado de su mujer, se ha vestido hace menos de una hora y ha desayunado cereales con sus hijos, ha acompañado al pequeño en bicicleta hasta la
parada del metro, y ahora, a las ocho de la mañana,
como si fuese lo más normal del mundo, se quita la
ropa con toda naturalidad, se vuelve a meter en otra
cama conmigo y es como si estuviese empezando el
día por segunda vez», pensaba Ginebra, y le parecía
cómico y a la vez lamentable.

Una hora y media más tarde, Norman se iba a trabajar. Y Ginebra salía a recorrer la ciudad hasta la hora
del almuerzo. Iba de compras, a museos y exposicio-
nes, se sentaba en un banco a leer el periódico, miraba
a la gente y se imaginaba sus vidas. Ginebra pasaría
muchísimas horas deambulando sin rumbo por Londres, más que por ninguna otra ciudad, más que por
Barcelona, y ese caminar reiterativo, interminable, silencioso y solitario —Norman nunca la acompaña-
ba— por las calles acabaría por borrar las huellas de
las muchas otras veces que las había recorrido, feliz,
con sus padres, con amigos, con otros novios. De hecho, Londres acabaría convirtiéndose en un larguísimo paseo esperando a Norman, recopilando anécdo-

tas e historias para contarle durante el almuerzo, comprando ropa que más tarde, en el hotel, se probaría para él —no porque se lo pidiese, sino porque le apetecía a ella—, recordando las horas que acababan de pasar juntos y anticipando las que estaban por venir.

Al mediodía se encontraban en algún restaurante, que el inglés elegía siempre en función de lo que podía apetecer o sorprender a Ginebra. Le gustaba agasajarla, hacerle conocer sitios nuevos. Iban a restaurantes maravillosos y le hacía probar platos de países que hubiese sido incapaz de localizar en un mapa. Bebían vino, ella más que él, porque Norman tenía que regresar por la tarde al despacho. Si estaban cerca del hotel, pasaban a despedirse allí. Y Ginebra volvía a recorrer las calles, eufórica, agotada y un poco borracha, contando las horas que faltaban para que él acabase de trabajar y volvieran a estar juntos. Se compraba montones de ropa, escuchaba música en las gigantescas tiendas de discos, coqueteaba un poco con los dependientes y pensaba vagamente que tal vez en Londres podría ser feliz. Si en algún momento se ponía un poco triste, lo achacaba al cansancio y al hecho de pasar tantas horas sola y casi sin hablar, y se compraba otro jersey.

Después se encontraban en el hotel. Salían a cenar, iban al teatro y, si quedaba tiempo, regresaban a la habitación. Siempre era él quien insistía para que saliesen e hicieran cosas juntos. Era un hombre culto y divertido, y a pesar de que le parecía un poco convencional, Ginebra casi nunca se aburría con él. Hablaban

de todo, menos de aquello susceptible de resultar de-
sagradable para Ginebra. A eso no estaba dispuesta.
De hecho ni siquiera estaba dispuesta a reconocer que
existían temas dolorosos: simplemente había cosas de
las que no era elegante ni necesario hablar, por muy
grande que fuera la intimidad que te unía al otro. En
aquella relación, la elegancia era muy importante.
En cierta ocasión, su madre criticó a un amigo que estaba abandonando de forma muy desconsiderada a su
amante, y, cuando Ginebra intentó defenderle, replicó: «No entiendo que digas esto precisamente tú, que
has hecho a veces cosas terribles a los hombres, pero
nunca de una forma rastrera, siempre con estilo.»
    Para Ginebra hablarle a un amante de su mujer hu-
biera sido una falta de estilo imperdonable. Y un riesgo
enorme. Pero esto último tardaría algún tiempo en des-
cubrirlo. Le preguntaba al inglés cosas acerca de su trabajo, de sus hijos, sobre su familia en general, pero nunca acerca de su mujer. Y él nunca le contaba nada. Sólo
en una ocasión, una mañana, llegó al hotel contando
que la noche anterior habían tenido una trifulca terrible. Ginebra ni preguntó por qué motivo: le parecía
un tema deprimente, feo y aburrido —daba por des-
contado que su mujer también lo era, de no ser así,
¿por qué tenía una amante?, ¿por qué estaba con
ella?—, y no le interesaba en absoluto. Y él, no sólo
por elegancia, sino por inteligencia y sensibilidad, no
volvió a sacar nunca el tema.

La penúltima noche del primer viaje a Londres decidieron ir a un cine de Leicester Square.

—Pero la película es muy larga y tú te tendrás que marchar y no podremos despedirnos como yo quiero —protestó Ginebra.

Norman no dijo nada. En el cine siempre corrían el riesgo de que hubiese dos filas más allá alguien que les conociese, o que conociese por lo menos a Norman. La película acabó muy tarde. Salieron los últimos, por la puerta de atrás. Era una película tristísima y Ginebra había llorado mucho. Tenía los ojos hinchados. Le gustó sentir el aire fresco en la cara. Norman la besó, un beso larguísimo, perfecto. «Esto no es un beso de despedida», pensó Ginebra sonriendo. Bajaron por lo que parecía ser una escalera de incendios. Daba a un patio oscuro con dos puertas; una debía de pertenecer a otra sala y por la otra se salía a la plaza. Se oían voces fuera. Era el centro de Londres y siempre estaba lleno de gente.

Hicieron el amor allí, de pie. Norman era un hombre patoso que andaba a traspiés por el mundo, pero sus gestos con ella eran de una gran precisión. Y siempre sabía lo que estaba ocurriendo a su alrededor, siempre estaba pendiente de que Ginebra no sufriese el menor tropiezo.

Al día siguiente, Norman le contó riendo que, al llegar a casa, su hermana, que aquella noche se había quedado haciendo de canguro, le señaló la pernera del pantalón y le dijo que se había manchado.

Por las noches Norman no se quedaba nunca en el hotel. A menudo la dejaba ya dormida, o aparentemente dormida, en la cama y apagaba la luz antes de marcharse. Ella no le echaba demasiado de menos, le gustaba dormir sola, y cuando le asaltaba la imagen de él durmiendo con su mujer, la apartaba de su mente.

—Hay dos cosas en las relaciones amorosas que, por alguna extraña razón, se han mitificado en exceso —le dijo Ginebra un día—. Una es dormir juntos y la otra, la peor, bañarse o ducharse también juntos. Yo creo que se trata de dos actividades esencialmente solitarias y que obstinarse en compartirlas es una cursilería, además de resultar incómodo. Es necesario disponer de una habitación propia. En la Antigüedad los matrimonios no dormían juntos, y el marido iba a visitar a la esposa cuando le apetecía.

—Me encanta que tengas teorías y opiniones sobre todo, pero ¿de dónde has sacado una idea tan peregrina? —contestó Norman riendo—. Los matrimonios siempre han dormido en la misma cama.

—¿De veras? Pues yo estaba convencida de que no.

La última mañana, en el hotel, el inglés le dio algo pequeño, ovalado y duro envuelto en un pañuelo de papel. Ginebra se lo puso encima de las rodillas y lo abrió con cuidado, sonriéndole a Norman, que la miraba («¿qué voy a hacer en Barcelona cuando ya no me mire», pensó), porque le encantaban los regalos y las sorpresas, y no tenía ni idea de lo que podía ser.

Dentro había un fósil de amonites, partido longitudinalmente en dos partes exactas y que encajaban a la perfección.

—Nuestros corazones —dijo Norman en voz baja.

Ginebra nunca vio en Norman al hombre temido, poderoso y exigente, a veces antipático y sarcástico, que veían los demás. Desde el primer momento, detrás de este hombre poderoso, y con mayor nitidez con la que veía al adulto, vio al niño, sobre todo cuando él estaba triste o dolido. Uno tiene que haber sufrido mucho para que el sufrimiento no le pille de sorpresa y le devuelva a la infancia.

El fósil fue el primer regalo. Norman le haría muchos otros —aquel mismo día le regaló un pañuelo de seda azul eléctrico pintado a mano por una artista amiga suya y que a Ginebra le encantó a pesar de darse cuenta de que era realmente bastante feo—, todos graciosos, algunos realmente bonitos, ninguno muy valioso —Norman era casi tacaño, siempre daba justo lo suficiente, lo correcto, nunca se pasaba—, pero el fósil sería siempre el favorito de Ginebra. Meses más tarde le preguntó si recordaba cuál había sido su primer regalo. Norman lo había olvidado. La tuvo que someter a una tortura de cosquillas de una hora para que ella se rindiera y se lo revelara.

Se volvieron a decir adiós. De camino hacia el aeropuerto, Ginebra sonreía como la Cenicienta al abandonar el baile. Después de tres días de llevar faldas, se había puesto sus tejanos de siempre, una camiseta gris vieja, las botas, el largo abrigo de cachemira azul oscuro y el pañuelo que le acababa de regalar Norman. Quería desaparecer y que la dejaran en paz. Se arrebujó en el abrigo y se durmió en el taxi.

Al llegar al aeropuerto le anunciaron que el avión tenía un retraso de cuatro horas, pero que, si facturaba la maleta, no se podía marchar de allí, por si finalmente se adelantaba la salida.

—No se preocupe, no me voy a ir —le aseguró a la chica de facturación, mientras subía a la cinta la maleta, que ahora pesaba bastante a causa de las compras.

Regresó a Londres. Se sentía excitada y feliz. Volver a ver a Norman era lo más maravilloso que había podido ocurrir.

Se encontraron en el Museo Británico. Pasearon, comieron algo y se sentaron en un banco de la entrada. Anochecía, habían encendido las luces. Aquél era uno de los lugares favoritos de Ginebra y aquélla, la mejor hora para verlo. El edificio neoclásico, con bancos fuera, para que la gente pudiera sentarse a descansar o a charlar o a comer un bocadillo, y con maravillosas antigüedades en el interior, al que se entraba gratis y que contenía además una fabulosa biblioteca, representaba para Ginebra la Inglaterra culta, amable y poderosa que tanto le gustaba.

—¿Cuántos años tienes? —le preguntó a Norman con una sonrisa.

El inglés no le había dicho todavía la edad, ni siquiera cuando ella le dijo la suya.

—Soy muy viejo —contestó.

—¿No me lo quieres decir?

—Cuarenta y nueve.

—No son tantos.

—Muchos más que los que tienes tú.

—Para algunas cosas eres más joven que yo.

—Soy casi un viejo.

De repente tener que volver a decirle adiós le pareció insoportable. Se sentía sola, con ganas de llorar, y pensó que no tenía lugar al que ir en el mundo. Quedó callada.

—Vamos, o perderás el avión —dijo Norman, dándole una palmadita en la pierna.

Mientras esperaban un taxi, Norman se sacó un penique del bolsillo y se lo puso en la mano.

—Es un préstamo. No te lo doy. Y necesito que me lo devuelvas muy pronto, lo antes posible.

Ginebra se lo metió en el bolsillo del abrigo, al lado del fósil.

Llegó de noche a Barcelona. Apenas había dormido en el avión. A su lado se había sentado un chico pelirrojo, que llevaba un sombrero negro y resultó ser un payaso ruso que vivía en Nueva York. Estudiaba allí en una de las mejores escuelas de payasos del mundo, dirigida por un anciano y legendario actor ruso. A Ginebra le daba miedo volar y se pusieron a hablar. Se dio cuenta de que llevaba días hablando sólo con Norman. Le acabó enseñando el fósil. Se quedaron los dos mirándolo fijamente, sin decir palabra, y acto seguido Ginebra se durmió. Al despedirse, intercambiaron sus e-mails. «Qué fácil resulta hablar con un extraño en un avión», pensó Ginebra. «Y en realidad qué poco importa lo que se diga. Si le hubiese contado una historia completamente inventada, hubiera dado lo mismo.»

Sólo volvería a enseñar el fósil a Manue. Su amiga no estaba en casa, le había dicho que se quedaría a pasar la noche con Guillermo. Aunque sólo había estado fuera cuatro días, Ginebra se sentía como si hubiera sido un mes. Estaba contenta de haber vuelto y demasiado cansada para empezar a echar de menos a Norman. Se acurrucó en su cama, a salvo. Antes de dormirse recibió un mensaje de él. Le daba las gracias por aquellos dos días maravillosos y le decía que intentaría llamarla antes, pero que, caso de que no fuera posible, hablarían sin falta el lunes. El día siguiente era sábado.

Ginebra despertó casi al mediodía y oyó trastear a Manue por la cocina. «Seguro que está haciendo algo de comer», pensó. Estaba muerta de hambre y tenía muchas ganas de ver a su amiga, pero le sorprendió que, siendo sábado y habiendo dormido con Guillermo, regresara tan temprano. Se puso el quimono de seda gris y rosa, unos calcetines que le llegaban hasta la rodilla, cogió el regalo de Manue y entró en la cocina.

—¿Qué haces aquí? ¿Ya no te vas a casar con Guillermo?

Y la besó.

—Lo paso muy bien con Guillermo, pero quería comprobar cómo estaba mi compañera de piso.

—Me tienes un poco de cariño, ¿verdad? —coqueteó Ginebra.

Manue sonrió:

—No me has llamado ni una sola vez y no has contestado a mis llamadas. Estaba preocupada. Sería bonito que de vez en cuando pensases un poco en los demás.

—No me digas eso, pienso mucho en ti. Hasta te he traído un regalito.

Le dio el paquete. Era un bolso marrón que recordaba un poco a las carteras que los niños llevaban antes al colegio. De una marca inglesa muy sofisticada que seguro que Manue no conocía y que tenía una tienda en un callejón cercano al hotel. Lo había visto en el escaparate y la había hecho pensar instantáneamente en su amiga. A Manue le encantó. Ginebra era un genio eligiendo regalos, casi nunca se equivocaba.

Después le estuvo contando a Manue todo lo que había hecho en Londres, le enseñó las compras, se volvió a probar la ropa e insistió para que su amiga también se la probase (como era mucho más alta, todo le quedaba corto o pequeño, y a Ginebra le pareció muy gracioso; era uno de esos días en que todo lo encontraba divertido), hojearon juntas los libros que había traído y le ofreció que se quedase los que más le gustaran. Y durante mucho, mucho rato, le estuvo hablando de Norman. Le dijo que todo era perfecto, que no importaba que no viviese en Barcelona, porque, al no tenerlo ahí, no se cansaría de él, porque cada vez que se encontraran estaría muerta de ganas de verle y ni se le ocurriría discutir, porque no tendría que compartirlo con el trabajo y los amigos de él, ni que conocer a su madre, porque Norman nunca se emborracharía en el bar de la esquina y empezaría a llamarla puta a gritos ante la puerta de la casa, porque no insistiría en acompañarla a la peluquería para asegurarse de que, efectivamente, iba a la peluquería. Porque no tendría que casarse con él, ni que vivir con él.

Porque Norman era inteligente y divertido, y le parecía el hombre más atractivo del mundo, y estar con él era increíble, y porque con él tendría lo bueno y, en cambio, nada de lo malo.

—Y porque antes o después dejará a su mujer.

Lo dijo sin pensar y se arrepintió al instante. Aquello desmentía todo lo que había estado diciendo.

—¿Y si no deja a su mujer?

—Pues no sé, ya veremos. Así también estamos muy bien, ya te lo he dicho. Entre nosotros todo está claro.

Manue no objetó nada. Hacía tiempo que no veía a Ginebra tan interesada por alguien, y se alegraba, pero se preguntó si su amiga no estaría intentando convencerla, y sobre todo convencerse a sí misma, de que era ésta la relación que deseaba mantener con Norman.

—¿Estás enamorada?

—Hasta los huesos. ¡Pero qué manía tienes de hacerme siempre la misma pregunta!

—Tú a mí nunca me la haces.

—Porque yo imagino la respuesta, tontita —dijo Ginebra, que en realidad no estaba convencida de que su amiga viviese el amor con la misma intensidad que ella.

Y se echó a reír.

Después del almuerzo, Manue volvió a casa de Guillermo. Desde hacía una temporada pasaba más tiempo allí que en la suya. Ginebra se puso a planificar el trabajo de la semana, dando vueltas delante del espejo con su ropa nueva.

A partir de aquel momento y durante más de un año, Ginebra viajaría a Londres una vez al mes, en ocasiones dos. Su vida se redujo a las llamadas telefónicas de Norman y a sus idas y venidas de Londres. Lo demás pasó a un segundo plano. Siguió cumpliendo con su trabajo y siguió haciéndolo bien, pero tenía la cabeza en otra parte. Su bolsa de viaje estaba permanentemente tirada en el suelo de la habitación. A Manue, que entraba allí lo menos posible, aquel desorden le resultaba incomprensible.

—Sólo faltaba que, además de los restos de comida, la ropa, las revistas, las botellas vacías y los discos sin funda, ahora hubiera bolsas y maletas tiradas por todas partes. Deberíamos dejar de vivir como adolescentes.

Ginebra, sonriente, sentada con las piernas cruzadas sobre la cama —único lugar donde había espacio—, haciendo yoga y mirando la televisión, reinaba satisfecha sobre el caos.

—A mí me gustaría seguir siendo siempre una niña pequeña. La maleta significa que en cualquier momento puedo largarme a ver a Norman, ¿no lo entiendes? Me pone de buen humor tenerla tirada por aquí.

Norman la llamaba todos los días a las ocho en punto de la tarde, cuando había terminado la jornada laboral y todos sus empleados se habían marchado a casa. Resultaba impensable que no llamase o que lo hiciese a otra hora. Era un hombre de costumbres fijas, ordenado y organizado. Para Ginebra estas llamadas constituían el momento culminante del día. Se empezaba a poner nerviosa dos horas antes, dejaba de concentrarse en su trabajo, pendiente sólo del reloj y del móvil. «Para las parejas el teléfono es un instrumento de tortura», pensaba. «Hay algo cruel y humillante en vivir pendiente de una llamada.» Si algún día, por lo que fuese, él se retrasaba, Ginebra enfermaba de ansiedad, fantaseaba que le había ocurrido algo terrible o que ya no la quería. Cuando se lo comentaba, él le decía:

—Yo siempre te querré, o al menos te querré durante mucho tiempo. Serás tú la que te cansarás antes de mí y me dejarás. Por otra parte, puedes llamarme tú siempre que quieras.

Pero Ginebra nunca le hubiese llamado y nunca lo hizo.

Sostenían largas conversaciones sobre todo, sobre cualquier tema. Tonterías que se hubieran negado a comentar con nadie les resultaban interesantes si eran ellos quienes las decían. No discutían casi nunca, ni por teléfono ni en persona. Sólo tuvieron una gran pelea y fue sobre Matisse. Acababan de salir de una exposición de este pintor en la Royal Academy. El

inglés ya había ido a verla y, a pesar de la falta de entusiasmo de Ginebra, que afirmó desde un principio
que ese artista no le interesaba, insistió en que volvie-
sen juntos. Al salir, ella opinó que quizá como diseñador de estampados para corbatas Matisse no habría
estado mal, pero que como artista era superficial. A
Norman esta vez la provocación de Ginebra no le
hizo gracia y defendió a Matisse. Dijo que era imposible que a alguien no le gustara Matisse. Y entonces
Ginebra le imaginó a él, con su mujer y con sus tres
hijos adolescentes, delante de esos cuadros alegres,
que le parecían vacíos y fáciles, llenos de color, tan
burgueses como ellos, y como ella misma, aunque no
lo reconociera. Cuadros en los que no palpitaba nada,
arte que no ponía nada en cuestión. «Por eso les gusta tanto», pensó Ginebra. «Es una confirmación de la
vida que quieren, y que tal vez tienen.» En realidad,
para ella, aquella pelea absurda sobre Matisse fue una
discusión —la única que tuvieron— sobre dos modos
de entender la vida y de vivirla. Y lo que enfureció a
Ginebra fue que él insistiera en repetir que era imposible que a alguien no le gustase Matisse. Para ella
Matisse ya no era sólo un pintor, sino un modo de
vida que incluía esposa e hijos y al que no tenía acce-
so con Norman.

Ir a Londres se convirtió en algo cotidiano, pero no dejó de ser excitante. Empezaba a pensar en lo que se iba a poner una semana antes de emprender el viaje, aunque Norman aseguraba que no le interesaba la ropa.

—¿Y a tu mujer? —le preguntó un día, y fue una de las poquísimas preguntas que le hizo sobre ella.

—No especialmente —contestó él.

«Debe de ser fea», pensó Ginebra regocijada. Sabía que, en el fondo, al inglés le encantaba cómo iba vestida ella y que se fijaba en cada detalle. A los dos les gustaba convertirlo todo en un juego. Ella pasaba mucho rato decidiendo qué llevaría puesto cuando él llamara a la puerta de su habitación.

Ginebra se hizo amiga del conserje del hotel. En realidad se conocían de antes, de cuando iba allí con sus padres o con su ex novio. Estaba casado con una gallega y hablaba bastante bien el español. Siempre se mostraba encantador con Ginebra, y a pesar de ser un hombre mayor, moverse con dificultad y tener dos ayudantes a sus órdenes, insistía en subir él mismo su equipaje. Siempre hablaban de lo mismo: del tiempo que hacía en España, del que hacía en Londres y de fútbol. A Norman el conserje se limitaba a sonreírle, y, cuando ella acababa de llegar, le decía, sin necesidad de que se lo preguntara, el número de la habitación. Si en el hotel les parecía raro o inadecuado que aquel señor alto y desgarbado dejase la bicicleta en la puerta por las mañanas y entrase, sin detenerse en recepción, con dos tés humeando en vasos de plástico, a visitar a su amiga, y luego volviese a salir y volviese a entrar, esta vez con ella, después de cenar, para marcharse definitivamente pasada la medianoche, nunca dijeron ni manifestaron nada con su actitud.

Un día entraron por casualidad en un pequeño restaurante que había al lado del hotel. Se llamaba Seven y era mucho más sencillo que los que solía elegir Norman. A la entrada había un mostrador con ensaladas y *quiches* y pasteles, una caja registradora muy vieja pero que aún funcionaba y una máquina de café moderna. Delante, una pequeña barra de madera oscura, con un espejo encima, y una repisa donde se alineaban vinos, aceites, galletas y mermeladas caseros. Al fondo había cuatro mesas y una salita con alguna mesa más, todas también de madera. No usaban manteles, cambiaban el menú a diario y hacían los mejores *soufflés* de queso de cabra que Ginebra había comido fuera de París. El encargado era un chico joven, grande y rubio, muy amable, con un pequeño delantal atado a la cintura. Siempre había alguna chica ayudándole a servir. Iban cambiando y casi todas eran extranjeras. Un día, una de ellas, una joven española, le preguntó a Ginebra si Norman era su novio. Contestó que no sin vacilar y se quedó pensativa y un poco triste.

Aquél se convirtió en su restaurante. Iban cada vez que Ginebra estaba en Londres.

—Nunca voy cuando tú no estás —le dijo un día Norman—. No podría.

Poco a poco también esto, la aventura con un hombre casado, se fue haciendo rutinaria. Dentro de aquel resplandeciente, pero diminuto e incómodo mundo —casi no podían moverse, y ambos lo sabían, y Ginebra amaba los grandes espacios—, un mundo de dos personas dos o tres días al mes en la habitación de un hotel de Londres, se empezaron a repetir lugares y gestos, se empezó a jugar —sin querer y en realidad sin podérselo permitir— a la vida real.

—Somos más que amantes —le repetía él a menudo, sin llegar a decirle nunca lo que eran en realidad.

«Pero todo se agota», pensaba Ginebra. «Y en mi caso, si no se reinventa y se cambia, todo termina. Que siga pasando lo mismo acabará siendo como si no pasase nada.»

Sin embargo, todavía seguían pasando cosas entre los dos, en la habitación del hotel y fuera de ella, aunque no todas —y Norman se daba perfecta cuenta— las que Ginebra deseaba.

Regresaba a Barcelona y poco a poco se volvía a sumergir en su vida y en su trabajo. Se consideraba afortunada por poderse dedicar a una profesión que la apasionaba, para la que estaba dotada y que apenas le requería esfuerzo. Su madre le había contado que ya desde muy pequeña, antes de aprender a hablar, lanzaba gritos de entusiasmo cuando abrían el armario donde guardaban su ropita. Y no había cambiado. La seguía poniendo de buen humor la ropa bonita y la gente que sabía llevarla. Un vestido podía hacerla feliz, pero la irritaban las personas que pretendían dar a la moda una trascendencia que no tenía. Ginebra sólo se tomaba en serio a sí misma.

—No creo que la moda sea un arte —decía, provocadora—, como tampoco lo son el fútbol o la cocina. Hay que ser muy cursi o muy esnob para emocionarse ante una croqueta líquida. Son juegos, importantes, deliciosos, pero juegos. Lo mismo que el sexo. El arte es otra cosa.

Aquella tarde había ido a casa de la señora Verdi. Hacía dos meses que no se veían y Ofelia quería empezar a pensar en los vestidos para las bodas del verano. Cada día se casaba más gente, y las bodas seguían constituyendo eventos importantes en la ciudad. Una persona como la señora Verdi tenía por lo menos cinco o seis bodas por temporada.

Ginebra había dibujado algunas ideas, basándose en prendas que había visto y en elementos que había inventado. Estaba segura de que, con ayuda de sus explicaciones, el sastre de Ofelia podría realizarlas. Llegaba el buen tiempo —en Barcelona ya no existía casi invierno— y Ofelia estaba de excelente humor. Llevaba unos pantalones blancos, una camisa blanca de hombre metida por dentro, un anchísimo cinturón de cocodrilo color malva y unos zapatos negros de tacón. Al cuello, media docena de collares de perlas por los que se disculpó.

—Detesto las perlas, pero éstas eran de mi madre y siempre decía que las perlas necesitan estar de vez en cuando en contacto con la piel, o mueren, como las personas. Sólo las llevo cuando estoy en casa.

Era por comentarios de este tipo por los que Ginebra adoraba a la señora Verdi.

Habían abierto todos los balcones. Ellas dos estaban sentadas en uno de los viejos Chester del salón, ante una mesita de madera oscura, comentando los dibujos de Ginebra mientras tomaban té y comían cerezas.

—Ginebra, me encanta. Todo esto es muy bueno. No entiendo por qué no te pones a diseñar ropa tú. Te lo he dicho mil veces. Yo me ocuparía de encontrar los inversores.

—Eres muy amable, gracias. Quizás algún día, cuando disponga de más tiempo.

—Deberías superar el miedo y hacerlo. Arriésgate.

—Yo no tengo miedo —dijo Ginebra con una sonrisa—. No tengo miedo de nada.

Pero lo cierto era que le hubiera encantado diseñar ropa y que sí le daba miedo intentarlo, y pereza. Ofelia, que la conocía bien, hacía tiempo que lo sabía.

—Bueno, si algún día te animas, puedes contar con todo mi apoyo. El fracaso no es lo peor que le puede pasar a uno, ¿sabes? Y, volviendo a las bodas, ¿para cuándo dejas la tuya?

—Casarse trae mala suerte.

—No digas bobadas. A veces parece que tengas siete años en lugar de veintisiete.

—Me gustaría tener siete.

Estaba a punto de echarse a llorar.

Ofelia se la quedó mirando.

—¿Me quieres decir qué te pasa?

Ginebra tenía sueño, echaba de menos a Norman, le hubiera gustado tener siete años y bajar paseando por el Paseo de Gracia de la mano de sus padres.

—Ofelia —dijo, se detuvo un instante y luego prosiguió—, me he enamorado de Norman, acabo de volver de Londres. He ido a verle varias veces y siempre es maravilloso. Pero le echo mucho de menos y él está casado y en realidad no sé qué hacer.

La señora Verdi se levantó de golpe.

—Discúlpame un instante. Voy a buscar la grapa. El té ya no es lo adecuado.

Ginebra temió que quizá no volviera, que le pareciera indigno andar con un hombre casado, que mandara a Joaquín para que la despidiera y le indicara que no debía volver a poner los pies en aquella casa.

La señora Verdi regresó a los pocos minutos con la botella y dos diminutas copas talladas. Bebieron en silencio. Ginebra ya se había arrepentido de haber revelado su secreto. Pero se sentía a la vez feliz y desgraciada, desorientada y sola.

Ofelia apuró su copa, y la miró, seria.

—Ginebra —le dijo—, la vida pasa muy deprisa. Es un tópico y es cierto, aunque, por otra parte, suele dar tiempo para todo. Pero bueno, la verdad es que pasa deprisa. El único consejo que te puedo dar es que disfrutes, que lo pases bien. Te gusta y le gustas, sois dos personas fabulosas, lo pasáis juntos de maravilla, y os queréis. No pienses más allá, vive este momento. No le pidas a Norman lo que no te puede dar, y disfruta de lo que sí os podéis y os queréis dar. Es genial, vívelo. Uno se arrepiente a menudo más tarde de las cosas que dejó pasar, que decidió no vivir. A menudo lo que uno no vivió es lo que luego nunca olvida. ¿Lo entiendes, pequeña?

—Sí.

Quedaron las dos calladas un momento, ausentes.

—Y ahora volvamos a lo importante —dijo Ofelia, depositando la copa sobre la mesa—. ¿Tú crees que este traje rojo me sentaría bien? ¿O soy demasiado vieja?

Las cosas que se han deseado y soñado con inten-sidad no resultan casi nunca como uno las había ima-ginado y a veces ni siquiera tienen lugar. Ginebra lo sabía y por esto, aunque soñaba con ir a Nueva York con Norman y aunque llevaban dos meses planeándo-lo, no se lo acababa de creer. Le parecía imposible que fueran a dormir juntos diez noches seguidas, diez no-ches enteras, que fueran a despertar diez mañanas el uno al lado del otro. Estaba segura de que en el último instante ocurriría algo. En unos meses de relación con Norman, sin darse cuenta había pasado de creer que todo era posible a pensar que todo, hasta lo más sen-cillo, era difícil.

El inglés tenía una oficina en Nueva York. Duran-te el resto del año hacía algunos viajes relámpago a la ciudad y en junio se instalaba allí dos semanas. Tenía una agenda apretadísima: reuniones a todas horas, vi-sitas de obra en el estado de Nueva York y a veces más lejos, desayunos, almuerzos, cenas, y la fiesta que anualmente celebraba en el despacho coincidiendo con su estancia allí. Ginebra sabía que durante el día no le iba a ver, pero tendrían las noches y un fin de semana entero. El resto del tiempo disfrutaría de la ciudad y de su amiga Zoe.

Se instalaron en un pequeño estudio que tenía Norman en una bonita casa del siglo XIX, en el Upper West Side, muy cerca de Central Park. Consistía en una espaciosa habitación blanca con grandes ventanales, una diminuta cocina y un baño no muy grande pero con bañera. Había una cama enorme en el centro. Todo era bonito pero sencillo, ni un solo objeto de diseño. No parecía el piso de un arquitecto, y no había rastro de la mujer o de los hijos. Nada que pudiera hacer que Ginebra se sintiera incómoda.

Zoe era una modelo francesa que había conocido en Barcelona, en una sesión de fotos. Tenía veinticuatro años y Ginebra la consideraba como una hermana. Tal vez fuera de todas sus amigas la que, en determinados aspectos, se parecía más a ella. Hija de una ilustre familia judía que la había malcriado a tope, era muy lista, sensible, apasionada, bastante egoísta, frívola y dramática a la vez, y lo que más le interesaba en el mundo eran los hombres. Hubiese podido llegar a ser una gran modelo, pero ni la moda ni el dinero —recibía de su padre una generosa asignación mensual— le interesaban lo suficiente, y consideraba que el trabajo era sólo un pasatiempo y que lo realmente importante eran ella y sus pasiones. Era una de esas personas que viven su vida como si se tratase de una novela. Siempre tenía dos o tres amantes a la vez, normalmente dos en Nueva York y uno en París o en Londres. Siempre había uno que la hacía sufrir atrozmente, pero con el que no quería romper. También tenía debilidad por los hombres mayores, por viejos y eruditos profesores de universidad, y por los poetas. Hombres que supieran escribir y expresarse. Ginebra había pasado largos ratos colgada del teléfono mientras Zoe le leía emocionada los poemas de amor que le habían escrito, y de los que Ginebra no solía entender ni media palabra. Y por último había algún chico del que no se sabía con certeza si le gustaban los hombres o las mujeres o las dos cosas, y que a la postre resultaba gay.

—Yo creo que sólo hay dos tipos de historias de amor importantes —le dijo Zoe a Ginebra en uno de sus interminables y cotidianos paseos por Nueva York. Ambas competían siempre por ser la más brillante y disparatada—. Aquellas en que sabes que les vas a joder la vida a ellos y aquellas en que sabes que ellos te la van a joder a ti. No hay más. En las relaciones de pareja no existen la igualdad ni la justicia. En eso está su riesgo y en eso radica su gracia. Están en el centro de la civilización, pero escapan a las leyes democráticas. El amor pertenece al lado oscuro de la existencia, al lado más interesante, que saca a flote lo mejor y lo peor de cada uno. De no tener ese carácter, se convierte en una convención más, puro aburrimiento.

Estaban en el parque, debajo de un árbol. Zoe se había tumbado y había apoyado la cabeza en el regazo

de Ginebra, que le acariciaba el cabello. Hacía muchísimo calor. Bebían cerveza y veían pasar a la gente.

—¿No crees que en el fondo somos unas románti-
cas en busca del amor perfecto? —preguntó Ginebra.

—Yo no, para mí el romanticismo sólo es un movimiento artístico y filosófico del siglo XIX. Y al hombre perfecto ya lo he encontrado. El problema es que
está repartido en diversos hombres.

—¿Y quién crees que joderá a quién en mi historia
con Norman?

—Es difícil saberlo. Las aventuras realmente apasio-
nantes son aquellas en las que no está claro. —Le acarició la rodilla y quedó callada un momento—. A mí me
gustaría que el jodido fuera él, pero me parece que ninguno de los dos va a salir ileso. Entre otras cosas, porque
no creo que ninguno de los dos le vaya a hacer al otro
algo tan grave como para anular el respeto que os tenéis.
Aunque tú eres capaz de todo. Y el amor que no ha llegado a convertirse en odio o en repugnancia total es el
más doloroso de resolver.

—Bueno, quizá dure todavía mucho tiempo.

—¿Sabes cuál es el problema? Que ellos van por el
mundo con los ojos mucho más abiertos que nosotras, y salen mejor librados.

Durante dos semanas, Ginebra fingió creer que vivir con Norman era lo más normal del mundo, que,
caso que quisieran, podría seguir siempre así. Era in-

capaz de disfrutar de algo si sabía que podía terminar. Presumía de vivir en el instante, pero lo cierto era que vivía en el siempre. Sabía que las cosas terminaban y, sin embargo, necesitaba vivirlas como si no fuera así. Se instaló en Nueva York como si fuera a quedarse allí para siempre, como si lo que era su vida en Barcelona se hubiera esfumado. De nuevo, no telefoneó a Manue ni una sola vez.

Ella y Norman pasaron el fin de semana como una pareja normal, como si hubiese tiempo para todo. Despertaron tarde, desayunaron y salieron a vagar por la ciudad. Pasaron toda la tarde en el Museo de Ciencias Naturales estudiando los detalles de las vitrinas, acariciándose en las salas en penumbra, observando a los niños. En la tienda Ginebra se compró una pulserita esmaltada china, a él le pareció muy bonita y disimuladamente cogió un puñado en varios colores y pidió que se las envolvieran. Ginebra pensó que debían de ser un regalo para su mujer y su hija. «Después de pasar diez días fuera como mínimo hubiese podido ir a Armani», se dijo. Al salir fueron a pasear por el parque, se sentaron en un banco y vieron caer el día. Después se metieron en un cine.

De regreso a casa, Norman le señaló a una pareja de ancianos que caminaba delante de ellos, pequeños, encorvados y huesudos.

Él no tenía pelo. Llevaba unos pantalones de algodón azul claro, un polo blanco, unos zapatos de cordones marrones —todo parecía quedarle un poco grande— y una bolsa de la compra de plástico muy liviana en la mano izquierda.

«La cena quizá», pensó Ginebra. De repente imaginó que un golpe de viento traicionero le arrancaba la bolsa de las manos y se la llevaba volando por los aires. La mujer llevaba el pelo —corto y blanco— muy arreglado, pantalones marrones, blusa y zapatillas blancas. Los dos caminaban despacio, cogidos de la mano, tambaleándose un poco.

—¿No es genial? —dijo Norman sonriendo—. ¿Dos personas tan mayores cogidas de la mano?

Ginebra sonrió. A ella le parecía una escena terrible, de las que procuraba no ver, pero se detuvo y estuvo mirando a los ancianos hasta que desaparecieron por una esquina. «Sois tú y tu mujer dentro de veinte años», pensó, repentinamente furiosa. «Tú y yo no seremos nunca eso.»

—No, no es bonito —dijo—, son patéticos, y sólo me sugieren muerte y soledad. Nada más. Coger una mano, no para acariciarla y para que me acaricie, sino para no caerme. Y además darse la mano en público pasados los quince años es de una cursilería y un mal gusto insoportables.

Norman la miró, atónito.

—¡Qué cosas dices, querida! Tú todavía estás en la etapa en la que uno se cree inmortal. ¡Qué suerte! Ya se te pasará.

Ginebra aprovechó los últimos días para hacer algunas visitas a colegas y amigos. A pesar de moverse en un ambiente enormemente competitivo y en el que nada duraba demasiado, había conseguido hacerse con un grupo de personas —periodistas de moda, diseñadores, modelos, estilistas, fotógrafos— repartidas por todo el mundo, que tenían un gusto parecido al suyo y de las que se fiaba y a las que tenía afecto, aunque sólo las viese una o dos veces al año. Gente que simplemente le gustaba tratar, no por haber coincidido en el colegio, o vivir en el mismo barrio, o moverse en el mismo ambiente, o tener intereses profesionales, sino porque un buen día se habían encontrado, a menudo en otro país, habían comenzado a hablar, primero de trabajo y luego de todo, y se habían hecho amigos. Una o dos veces al año coincidían en algún lugar del mundo y se ponían al día. «A nadie le han pasado tantas cosas en un año —o a veces incluso en una vida entera— que no le dé tiempo a contarlas en una cena de dos horas», pensaba Ginebra.

Aquel día había almorzado con Asaf en un restaurante cubano, uno de sus favoritos. Asaf era un diseñador de joyas israelí que vivía en Nueva York desde hacía años. Se habían conocido durante una época muy turbulenta que pasó en Barcelona. Su mujer —una persona excepcional de la que era imposible no enamorarse— le acababa de abandonar dejándolo destrozado y desorientado. Para intentar superarlo se dedicó a salir con Ginebra y su pandilla, y se convirtió en uno de sus mejores amigos. Dos minutos des-

pués de encontrarse ya hablaban con la confianza de
siempre. Él le contó que salía con dos mujeres y que
estaba enamorado de las dos. Una vivía en Nueva
York, era inteligente, divertida y guapa. La otra vivía
en Tel Aviv, también era inteligente, divertida y guapa,
y con ella podía fantasear —no para ahora, sino para
más adelante— el futuro que deseaba su madre: regresar a Israel y crear una familia.

—¿Tú qué opinas? —le preguntó preocupado—.
No sé qué hacer.

—¿Qué quieres que opine? Pues que me parece
bien. Estar enamorado es algo genial. Me alegro por ti.

Asaf se echó a reír.

—Sabía que tú lo entenderías. Eres la única persona que me ha dado esta respuesta.

—Claro que lo entiendo. ¿Les sigues diseñando
joyas a tus novias?

—Sí.

—Norman me ha regalado algunas muy bonitas.
Cada vez que nos vemos me regala una o dos joyas,
sobre todo pendientes, algunos diseñados por él. Creo
que te gustarían. —Se quedó un momento pensativa—. ¿Tú crees que los hombres casados regalan pendientes a sus amantes y anillos a sus mujeres?

—No sé, quizá. No lo había pensado nunca.

Como cada vez que se encontraban, y aunque luego nunca lo hicieran, al despedirse quedaron en intentar verse más a menudo, y en llamarse o escribirse.

Ginebra llegó a casa cargada de bolsas y de muy buen humor. Habían sido unos días maravillosos, adoraba a Norman, había comprado ropa muy bonita y se había divertido muchísimo con sus amigos. Y, aunque la entristecía un poco que terminase, todavía quedaba una noche, y era seguro que volverían, y no se habían peleado ni una sola vez y había quedado claro que la convivencia entre los dos era posible.

Se desnudó, se miró en el espejo de pie que había en un rincón, junto al armario, ante el cual habían estado jugueteando la noche anterior, y sonrió al recordar que ella casi se había pillado un dedo en el armario al apoyarse de golpe.

Después se sentó en el suelo, con las piernas abiertas delante del ventilador. Seguía haciendo un calor sofocante y las noches con Norman le habían causado una leve inflamación. Cerró los ojos, suspiró, todo estaba en paz, sólo se oían las voces de los chicos que jugaban al básquet en la calle, era maravilloso sentir el aire entre las piernas, tenía sueño y ganas de volver a ver a Norman; se pasó la mano por la espalda, la parte que apoyaba en el respaldo de ante del sillón estaba empapada en sudor, volvió a cerrar los ojos, apoyó la cabeza, se estaba durmiendo.

De repente sonó el teléfono. En diez días no había llamado nadie. Sólo lo había utilizado Norman dos o tres veces para hablar con el despacho o reservar mesa en un restaurante. Ginebra abrió los ojos y se quedó inmóvil. El corazón le latía muy deprisa. Durante un momento pensó en contestar, pero ninguno de sus amigos tenía el número y la llamada no podía ser para ella. Esperó a que dejase de sonar. Le pareció que tardaba muchísimo. Por fin paró y durante unos segundos todo volvió a quedar en silencio. Y entonces saltó el altavoz del contestador automático. Era la mujer de Norman. Una voz amable y más juvenil de lo que ella había imaginado. El acento inconfundible de la clase alta inglesa. «Hola, soy Sophie.» Ginebra miró a su alrededor, quería cubrirse con algo, pero no se atrevió a moverse. La mujer se disculpaba por llamarle allí cuando Norman le había advertido que le llamara sólo al despacho, y después le contaba algo de uno de los hijos, nada importante, se había ido de casa pero después había regresado, algo así, Ginebra no lo entendió muy bien. La voz se despidió con muchos besos.

A Ginebra le pareció que era un mensaje eterno, se sintió sumergida, asfixiada por esa voz. Tenía ganas de vomitar. No existía otra realidad en el mundo que la alegre voz de Sophie llenándolo todo. «Muchos besos.» ¿Cómo se atrevía a decirle «muchos besos»?

«Realmente hace un calor insoportable, me estoy mareando», pensó. «Tengo que vestirme ahora mismo.» Se puso de pie. ¿Dónde estaba su camiseta gris? Abrió un cajón —durante dos semanas había hecho un esfuerzo enorme por mantener sus cosas ordenadas—, había una docena de camisetas, pero la gris no. Volcó el cajón en el suelo. Abrió otro cajón. No estaba la camiseta. También lo tiró todo al suelo. Siguió abriendo cajones y lanzando la ropa por la habitación. Abrió el armario. Empezó a arrancar las prendas de las perchas hasta que no quedó ni una colgada. Después cogió la maleta y también la vació. Se sentó en el suelo con las piernas cruzadas, todavía desnuda y empapada de sudor. El parquet había desaparecido cubierto por la ropa. Tuvo ganas de tumbarse y dormirse allí mismo, ganas de desaparecer, de no enterarse nunca más de nada.

Entonces llegó Norman.

—¿Qué ha pasado? —preguntó, mirando a su alrededor—. ¿Han entrado a robar?

—No —dijo Ginebra sin mirarle, en voz muy baja, el cabello cubriéndole la cara—. Sólo estaba buscando una camiseta.

Norman no dijo nada. Se quitó la chaqueta y dejó la cartera en una silla.

—Y ha llamado tu mujer. Te ha dejado un mensaje en el contestador.

Norman se acercó al teléfono y lo escuchó. Colgó.

—Lo siento —dijo—, lo siento mucho.

—Tiene una voz agradable.

La abrazó. Ginebra no se movió. Sintió la presión del brazo de Norman en su cintura acercándola a él y le pareció que, si apretaba un poco más, su columna vertebral se partiría en dos como una rama seca. En su cabeza seguía resonando la voz alegre y tranquila de la mujer.

«Qué absurdo», pensó. «Es como si en este momento me diese cuenta de que esa mujer es real, de que existe de verdad, en el mismo mundo en el que yo vivo. Habría podido descolgar el teléfono y hablar con ella y convertirme también para ella en algo real, quizás habría podido incluso destrozarle la vida, destrozar de paso la de Norman. Es real, y tiene una voz y un modo de vestir (imaginó unos vestidos anchos y largos de algodón grueso con florecitas en verde oscuro y granate), y tiene el cabello castaño o negro o rubio, y quizá ni siquiera es horrible. La cuestión es que es real, que existe.»

Ya nunca se la podría quitar de la cabeza. Ginebra sabía muy poco de ella. Recordaba que dos o tres veces, estando ellos en la habitación del hotel, había llamado al móvil de Norman, enfadada, para saber dónde estaba. La voz que le pareció oír —estaba sentada al lado de él—, o que tal vez simplemente imaginó, sonaba exigente y antipática. También sabía que era psicóloga. Se lo había preguntado a Norman, y al escuchar la respuesta, pensó: «Es psicóloga, o sea que no es nada.» No necesitaba saber más.

Aquella noche no salieron a cenar. Norman la estuvo acariciando en silencio durante horas, sin lograr la menor reacción, hasta que ella se durmió.

A la mañana siguiente, Ginebra había cambiado de humor. Aparentemente, el sueño lo había borrado todo. Se metió debajo de las sábanas para despertar a Norman. Sus aviones partían al cabo de unas horas.

Hicieron las maletas y fueron juntos al aeropuerto. El vuelo de Ginebra salía más tarde y de otra terminal. Había un metro que hacía el recorrido entre las terminales. Se sentaron a esperarlo, cogidos de la mano. Norman se la oprimía con fuerza, parecía muy triste, a punto de echarse a llorar. «Otra vez la cara de niño indefenso», pensó Ginebra, mirando sus ojos transparentes y líquidos. «No podré hacerle nunca daño.»

Ella odiaba las despedidas, y a menudo no se despedía o lo hacía a toda prisa, dejando al otro con la palabra en la boca, el discurso de despedida a medias y cara de perplejidad, mientras la veía alejarse. «No me gustan las despedidas», comunicaba Ginebra, daba dos besos, unos golpecitos en la espalda, decía adiós, y se esfumaba. Pero aquel día no era capaz de soltar su mano, levantarse e irse se sentía muy cansada.

Dejaron pasar tres trenes.

—¿No crees que deberías coger el próximo? —preguntó él finalmente.

—Sí.

Se levantaron los dos. De repente Ginebra tuvo prisa por marcharse, por pasar a otra cosa y dejar atrás los días de Nueva York. Llegó el tren, se dieron un último beso y subió al vagón. Dentro había dos chicos jóvenes con mochilas. Ginebra les sonrió un instante. Le pareció que uno de ellos era atractivo. Quizás iban a Barcelona. Recordó viajes en tren con sus amigas a través de Europa, fiestas de verano hasta el amanecer en terrazas de la ciudad, novios de su edad de los que no se despegaba durante días enteros, risas, besos, vidas fáciles. El inglés no se iba a dormir nunca más allá de las doce de la noche.

Norman estaba de pie en el andén, delante de la puerta, mirándola con ojos tristes. Ginebra lo sabía, pero no le miró ni una sola vez, no quería vivir aquella despedida y, en realidad, ya empezaba a estar en otro sitio.

Cinco minutos después de llegar a la terminal, Norman la llamó para decirle que la quería.

Se tomó una pastilla y durmió durante todo el viaje y, a pesar de que ya empezaba a echar de menos al inglés, se alegró de volver a estar en Barcelona. En cierto modo, y sin saber muy bien por qué, se sentía como si hubiera regresado sana y salva de una larga, complicada y peligrosa expedición. A partir de entonces con Norman ocurriría siempre así: respiraría aliviada al llegar a casa, dormiría doce horas seguidas y al despertar empezaría inmediatamente a planificar el siguiente viaje.

Comenzaba julio y hacía una mañana radiante, la luz era ya la del verano pero todavía no apretaba el calor. Ginebra despertó temprano. Le gustó abrir los ojos y encontrarse en su habitación, en la inmensa cama de sábanas blancas, frescas, crujientes, durmiendo sola, con la luz filtrándose por las persianas y la casa en calma. Se vistió a toda prisa y fue con la moto a comprar desayuno para Manue y para ella. Esperaba que los cruasanes recién salidos del horno harían que su amiga perdonase que no hubiera dado señales de vida a lo largo de dos semanas.

—Al no tener noticias tuyas supuse que estabas bien —dijo Manue—. He dejado de preocuparme por ti. ¿Cómo llevas el *jet lag*?

—Mi madre decía que era un invento de los norteamericanos y que antes de que existiese la palabra nadie sufría *jet lag*. Le parecía una debilidad, igual que las enfermedades. Estar enfermo, o estar cansado, o tener hambre fuera de horas, le parecía una prueba de mala educación.

—Supongo que ser pobre y feo, también.

—Sí. Era una esnob incorregible, y muy clasista. Ya sé que piensas que yo también.

—Si lo creyera de verdad no sería tu amiga.

—Con mi madre nunca nos aburríamos. Pero a veces me hubiese gustado que no fuera tan estupenda y que se bajase algunas veces de su pedestal. Jamás la oí disculparse por nada. Nunca, ni una sola vez. Hay que tener una opinión muy alta de sí mismo para permitirse hacer siempre lo que a uno le da la gana, pero para considerar que uno no ha hecho nunca nada que merezca una disculpa hay que creerse Dios. Yo hago casi siempre lo que quiero, pero también me doy cuenta cuándo actúo de forma equivocada.

Quedó pensativa unos momentos. Manue la observaba con atención, sin decir nada. Dejaba siempre que la gente llegase hasta el final de lo que quería decir. No intentaba —tampoco hubiera sabido— reconducir las conversaciones a un cauce amable y social. Y era muy poco frecuente que Ginebra encontrase algún defecto en su madre; lo era ya antes de que ésta muriera, y lo fue —como suele ocurrir— todavía menos después. La muerte de alguien pone a menudo punto final a nuestras reflexiones sobre esa persona, que pasa a un departamento distinto, intocable. Tal vez añadir a la brutalidad de la muerte la brutalidad de la lucidez y juzgar al difunto sería insoportable.

—Siento no haberte llamado. Cuando estoy con él me olvido de todo. Estoy cansada —suspiró Ginebra, apoyando la cabeza en una mano y cerrando un instante los ojos—. Nueva York ha estado bien, pero me alegro de volver a estar en casa contigo. ¿Sabes? Un día pasamos ante una casa en ruinas, al lado de Central Park, que estaba en venta, y me propuso comprarla e irnos a vivir juntos allí.

—¿De veras? ¿Irías? ¿Qué le contestaste?

—No contesté. Era sólo una fantasía.

—¿Cómo lo sabes?

—Lo sé. Pero sería estupendo vivir allí una temporada.

Pasó el resto del día trabajando en casa. Sin visitas y con pocas llamadas, porque había dicho a todo el mundo que llegaba al día siguiente. Siempre que podía se dejaba veinticuatro horas de margen para aterrizar realmente, un día entero para no ir a ningún sitio ni ver a nadie. Estos brevísimos paréntesis solían ser muy útiles para su trabajo, la ayudaban a ver las cosas claras, a entender lo que quería hacer realmente. Planificaba la temporada, dibujaba, ideaba y descartaba ideas, concretaba proyectos. De repente se le aparecía una silueta de mujer, que era el tipo que —con más o menos variantes— se iba a pasar el resto de la temporada puliendo y diversificando.

Pero aquel día no logró resolver nada. No se podía concentrar. Estaba demasiado ansiosa por hablar con Norman. Miraba el móvil cada cinco minutos, por si él compartía esta misma ansiedad y la llamaba a una hora que no era la que había establecido.

Le parecía que después de tantos días de convivencia algo tenía que haber cambiado. La intimidad se había hecho más estrecha. Habían dormido juntos de verdad, ella le había llevado un par de camisas a la tintorería —algo que nunca antes había hecho por nadie—, una noche habían paseado abrazados por una calleja poco transitada. Pensaba que su relación se había adentrado un poco más en el terreno de lo real, y tal vez también en el de lo posible; estaba convencida de que algo había cambiado.

Aquella tarde se arregló especialmente para la llamada de teléfono. Se puso una camiseta de hombre, gris y descolorida, dos tallas demasiado grande para ella, una falda corta beige y unos zapatos con un tacón de diez centímetros, negros, clásicos, relucientes, de una piel finísima.

«Son tan bonitos como un Rolls Royce», pensaba Ginebra, sentada en la cama, mirándose las piernas y haciendo círculos con los tobillos. Llevaba en cada muñeca seis esclavas de oro que habían pertenecido a su abuela. Pero no tenía buena cara, estaba pálida y en Nueva York había perdido peso.

Norman la telefoneó a la hora de siempre en punto.

Estuvieron hablando mucho rato. De Nueva York, de lo duro que resultaba vivir separados después de haber pasado juntos tantos días, de cómo el trabajo era un refugio, de cuándo se volverían a ver. Ginebra habló un poco menos que de costumbre. Le dejó hablar a él, esperó, esperó todo el tiempo a que Norman dijera algo que no iba a decir, que no dijo. Estuvo atento y encantador como siempre. No fue una conversación distinta a las que sostenían normalmente y que a Ginebra la hacían tan feliz.

Y sin embargo aquel día, al colgar, ella tuvo la certeza de que con Norman nunca iba a cambiar nada. La conversación hubiera sido prácticamente la misma si no hubiesen ido a Nueva York. Y seguiría siendo siempre la misma en el futuro.

En esta ocasión —y era la primera vez que le ocurría—, Ginebra no podría dominar, y arrasar, el orden, las convicciones y el sistema de vida del hombre al que se enfrentaba. Norman nunca se pondría a sus pies, y lo irónico del caso, pensó con una sonrisa triste, era que él creía que ya lo estaba.

Se puso una camiseta de manga larga encima de la que ya llevaba, cambió los altos tacones por unos zapatos planos de cordones de hombre —ya no estaba de humor para llevar tacones— y salió de casa. Metió las manos dentro de las mangas y fue caminando al restaurante. No le apetecía ir a cenar, ni hablar, ni reír, ni alimentar la farsa de que vivían en el mejor de los mundos posibles. De hecho, hacía ya unos meses que salía menos. No había ocurrido de golpe ni obedecía a una decisión consciente, sino que, poco a poco, se había ido alejando, cerrando los ojos a lo que ocurría a su alrededor, como si Barcelona no pudiera ofrecer ya nada que resultara importante o divertido para ella. Era obsesiva y monotemática —«seguramente por eso soy buena en mi trabajo», contestaba cuando se lo reprochaban— y estaba enamorada.

Había quedado para cenar con la directora de la revista de moda para la que trabajaba y con su marido escritor. Andrea y Alejandro eran un matrimonio encantador, una de esas parejas que antes de empezar su historia amorosa habían sido amigos durante cinco años. Ginebra sostenía la teoría de que había tres tipos de pareja: las que habían empezado a salir a los quince años y seguían juntos veinte años después, las que antes de ser pareja habían sido mucho tiempo amigos, y las normales.

Andrea y Alejandro eran amigos suyos desde hacía mucho tiempo, sobre todo Alejandro, y, a pesar de que no le llevaban demasiados años, la trataban un poco como a una hermana menor e incluso, a veces, como a una hija. Sabían que era buena en su trabajo, pero pensaban —era una de esas parejas en las que los dos piensan siempre lo mismo— que se esforzaba poco, que todo le había sido demasiado fácil, que había nacido en un mundo al que a ellos les había supuesto un gran esfuerzo acceder y que su vida personal era desordenada y superficial. Les parecía que maltrataba sin darse cuenta a sus amigos fieles y que, en cambio, se entusiasmaba por personas a las que acababa de conocer, sólo porque se le antojaban el colmo de la originalidad. Ella les tenía afecto pero no esperaba demasiado de aquella amistad.

Cuando llegó ya estaban allí. Alejandro tenía reputación de ser un hombre guapo, pretendía ser elegante e iba siempre vestido de escritor, una mezcla de Oscar Wilde y de Scott Fitzgerald. Parecía mayor de lo que era. Había nacido en una ilustre familia pueblerina —el padre era notario—, había leído tanto desde niño que creía entenderlo todo, era caballeroso con las mujeres y despectivo con los camareros, amaba realmente los libros e iba por el mundo dándoselas de buena persona y mejor amigo. Antes de Andrea sólo había tenido amores platónicos y frustrados.

Ella era muy delgada, muy pálida, el pelo castaño y lacio peinado con flequillo, la boca grande siempre pintada de rojo. Era una de las pocas chicas que se retocaban el maquillaje en público: sacaba un espejito y se repintaba con cuidado los labios (a Ginebra le encantaba este gesto, «si yo fuera hombre», pensaba, «sería en ese preciso instante cuando me enamoraría de Andrea»), y vestía como en los años 50, incluidas las gafas, porque era miope. Tenía un ligero aire de institutriz y, aunque solía ir muy bien vestida, a Ginebra le parecía que había en ella —como en Alejandro— una voluntad de estilo demasiado evidente.

Andrea era cinco años mayor que Alejandro y tenía muchísima más experiencia. Era más fuerte, más dura —aunque fingiera lo contrario, sobre todo ante los hombres, y aunque estuviera con frecuencia enferma— y seguramente más lista. Procedía de un medio humilde y había vivido varios amores importantes y desafortunados antes de empezar a salir con Alejandro. Se habían conocido y enamorado dos personas que por razones opuestas —él por haber vivido poco, ella por haber vivido demasiado— deseaban lo mismo: una relación sólida, duradera, segura, sin turbulencias. Se querían de verdad y, como algunas parejas de enamorados, creían que su historia de amor era única e irrepetible.

—Hola, Ginebra. ¡Cuánto tiempo!

Se levantaron los dos, la besaron. Volvieron a sentarse uno al lado del otro, y Ginebra se sentó frente a ellos. Al cabo de un instante regresó un camarero con su copa. Bebió, respiró hondo y sonrió. «Hay personas, muchas», pensó, «a las que es imposible enfrentarse sin una copa en la mano».

Casi no hablaron de moda ni de trabajo. Nunca lo hacían, a menos que estuvieran Andrea y Ginebra solas o que se tratase específicamente de una reunión de trabajo, y en tal caso tenía lugar en el despacho de la revista. A Ginebra le gustaba comer y decía que detestaba los almuerzos de trabajo —y todavía más los desayunos—, que la distraían de la comida e incluso hacían a veces que le sentara mal.

Pidió un consomé al jerez con una yema de huevo y espaguetis a la boloñesa. El cóctel y la sopa ayudaron a que se sintiera mejor.

Quizás Alejandro y Andrea eran realmente sus amigos, pensó mientras los observaba, más relajada. Alejandro era divertido, y los dos eran simpáticos y cariñosos, y tenían cosas en común con ella: les gustaban los mismos libros, y también compartían algunos odios. Quizás era cierto que se preocupaban por su felicidad. Y en aquella penumbra de terciopelo verde estaban bastante guapos.

Fue una cena agradable, tranquila —unos meses atrás Ginebra la hubiera calificado de aburrida—, no muy distinta a las cenas anteriores con Alejandro y

Andrea. Bebieron bastante. A los postres le preguntaron por sus novios y su club de fans (así llamaban ellos a Norman y a los demás), y Ginebra les contó riendo las últimas anécdotas. Aunque se consideraba una persona especial, Ginebra nunca se acababa de creer la pasión que a veces despertaba en alguien, pensaba que era sólo cuestión de tiempo que la dejasen de encontrar maravillosa. Y hoy, como se sentía cómoda y había bebido, habló con más seriedad. Habló de Norman, de la intensidad y la carencia, de la felicidad y de tener que estar siempre a la espera. La escucharon en silencio. Alejandro había pasado un brazo protector por los hombros de Andrea. Cuando Ginebra acabó de hablar, puso la mano que le quedaba libre sobre una de las de ella, la oprimió, y le dijo muy serio, mirándola a los ojos y sin soltar a su novia:

—¿Sabes, Ginebra? Nosotros dos estamos seguros de que eres capaz de mantener relaciones auténticas, profundas, importantes, y no tonterías y frivolidades como éstas.

Ginebra no supo qué responder. Ella se tomaba sus tonterías muy en serio.

Tres semanas más tarde regresó a Londres. Iba a ser un viaje relámpago de veinticuatro horas, porque el inglés se iba de vacaciones con su familia. Una vez decidida con Norman la fecha de la visita y comprado el billete, Ginebra pensó que ir a Londres podía ser un error. Algo había en aquella relación que le empezaba a causar dolor y ella no tenía aguante para el sufrimiento. La muerte de sus padres no la había hecho inmune, sino todo lo contrario. Quería estar alegre, quería pasarlo bien y divertirse.

—Hay un momento fatal —decía Ginebra, era otra de sus teorías— en el que una relación amorosa deja de ser una fiesta para convertirse en una carrera, en una competición. El que salta primero del coche pierde, pero el que se queda puede despeñarse por el precipicio si no salta a tiempo.

Ginebra empezaba a notar —como le había ocurrido ya en otras ocasiones— que se hacía la remolona al ir hacia Norman, que una parte de ella quedaba atrás. Era una sensación todavía vaga de cansancio y de tristeza, por otro lado seguía esperando y deseando con todas sus fuerzas que sucediera algo nuevo, algo bueno, diferente.

Hasta una semana antes del viaje no telefoneó a su hotel. Se disculparon muchísimo: era temporada alta y el hotel estaba completo. Llegó a Londres por la tarde. Norman le había reservado habitación en un hotel de lujo muy moderno que estaba justo al lado de su despacho. Era bonito pero no le gustó. Demasiado frío y minimalista. Prefería los espacios cálidos, un poco acolchados, y aquello parecía más una cocina que un dormitorio.

Pensó en su hotelito de siempre, con la moqueta un poco vieja y la escalera de madera un poco polvorienta, los cuadros mediocres de escenas campestres cubriendo las paredes, y el viejo conserje de traje verde oscuro hablando del tiempo y obstinándose en subir personalmente su maleta. Sintió que en aquel precioso hotel de superficies relucientes, luces indirectas y botones guapísimos con uniformes impecables, no iba a sentirse tan a gusto. Se preguntó fugazmente si Norman habría estado antes allí.

Al llegar a la habitación y abrir la maleta se dio cuenta de que se había equivocado de ropa. Sólo traía prendas de verano, y en Londres —y ella lo sabía perfectamente— incluso en agosto podía hacer mal tiempo. Sentía un poco de frío y no tenía ganas de desnudarse. Se tumbó en la cama y se tapó las piernas. Tenía sueño pero no estaba cansada.

Un rato después, Norman llamó a la puerta. «Todo igual que siempre», pensó Ginebra. Se abrazaron y durante un instante le pareció advertir en él, que nunca llevaba perfume, un perfume de mujer, un leve olor a floristería. «Dulce, agradable, convencional, empalagoso, barato, repugnante», se dijo, y sintió náuseas. «Su mujer, otra vez su mujer.» Le abrazó más estrechamente, le besó en la boca. Su saliva no estaba contaminada y su cuerpo, tampoco.

Salieron a cenar cuando ya había oscurecido. Norman tenía ganas de enseñarle el barrio, de callejear, quizá de encontrar algún rincón acogedor. Ginebra volvía a tener frío y estaba un poco mareada. Se metieron en un pequeño restaurante muy agradable, pero no pudo comer nada. Le estallaba la cabeza y estaba agotada. Su cansancio era casi siempre una excusa para no afrontar las cosas, para no pensar —ya pensaré mañana, mañana será otro día, o quizá mañana haya desaparecido el problema y no haya nada que pensar—, pero ahora estaba sentada allí, erguida, pálida, sin poder cerrar los ojos, ante un plato de sopa que no había probado siquiera y contestando con monosílabos a las palabras del inglés.

«Cómo me gustaría que alguien me cogiera del brazo y me sacara de aquí y me alejara de Norman y me llevara a una habitación cálida y me metiera en la cama y me arropara y me diera la mano hasta que me durmiera como hacía a veces mi padre», pensó.

Volvieron paseando al hotel. Norman le hizo recorrer calles muy bonitas, que ella no vio porque no quería estar allí y porque era incómodo pasear con tacones tan altos. Apenas hablaron y se despidieron a la puerta del hotel. A Ginebra le costó dormirse y se despertó varias veces durante la noche.

Cuando al día siguiente Norman llamó a la puerta, Ginebra llevaba rato despierta. Tenía hambre y se había hecho subir un capuchino y un cruasán a la habitación. Seguía con frío, pero lo poco que había dormido le había sentado bien. Corrió hacia la puerta, la abrió, le dio un beso rápido a Norman y se volvió a meter de un salto en la gran cama. Sólo llevaba una camiseta blanca de manga larga.

—¿Follas con tu mujer?

El inglés todavía estaba de pie, sonriendo, con la cartera en una mano y la bolsa de papel con el desayuno en la otra. Ginebra le miraba, el corazón le latía muy deprisa. Norman no se movió, no tuvo ni un momento de vacilación.

—Sí —contestó inmediatamente.

Ginebra bebió otro sorbo de café. Se sentía flotar, nada le parecía real. Era como si Norman le hubiera asestado con todas sus fuerzas un puñetazo en el estómago. Ella no se había movido pero le parecía estar doblada en dos. No recordaba haber sentido un dolor igual.

—Y ¿tienes otras amantes aparte de mí?

—No.

—¿Y antes has tenido otras?

—Sí. No muchas, tres.

El inglés no se había movido, seguía de pie. Ginebra cogió un pedazo de cruasán, se lo metió en la boca, la tenía seca, le costaba mucho tragar, lo mordió. «Comerme este cruasán es lo más difícil que he tenido que hacer en mi vida», pensó. No sabía qué decir. Era como si de repente la hubieran despertado de un golpe en la cabeza. Sentía que eso cambiaba todo lo que había vivido con Norman, pero no entendía nada. Sólo sabía que tenía que terminarse el desayuno. «Lo primero es comer este cruasán y acabar el café», pensó.

Norman, de pie, le hizo un breve resumen de sus amantes anteriores. Con una había pasado una sola noche, en Canadá; otra había terminado por casarse, y con la tercera se había acabado simplemente la relación. Se sentó a su lado en la cama, mirándola.

—¿Por qué no me has mentido? —le preguntó Ginebra—. Era mucho más sencillo y yo lo hubiera preferido.

—A ti no te voy a mentir.

—No lo entiendo. Entonces, ¿para qué me necesitas a mí?

—Estoy enamorado de ti y te quiero. Y me gustaría que lo nuestro durase mucho tiempo.

—Pero no puede ser. Follas con tu mujer. No lo entiendo.

Cada vez que lo pensaba, Ginebra volvía a sentir el puñetazo en el estómago.

Él no dijo nada. Nunca había hablado de su mujer con Ginebra y no iba a hacerlo ahora.

Cuando Ginebra se hubo terminado el cruasán, bebió el último sorbo de café.

—Bueno, ahora vamos a follar. Para eso estamos aquí tú y yo, ¿verdad?

—Ginebra, no me parece una buena idea. Quizá sea mejor que me vaya y te recoja a la hora de almorzar.

—Es una idea buenísima.

Se quitó la camiseta, le encantaba ir desnuda cuando él estaba todavía vestido. Le desnudó, mirándole pero sin reparar en su gesto preocupado y triste. Tenía prisa por regresar a un campo familiar y propicio, deseaba que al dolor del puñetazo en el estómago se uniese otra sensación igualmente poderosa.

Se corrió enseguida. Norman no pudo.

Pasó la mañana deambulando sola por la ciudad, intentando convencerse a sí misma de que estaba bien. Telefoneó a Manue al trabajo, se disculpó por interrumpirla y le contó lo que había sucedido.

—Ginebra, lo lamento muchísimo. Pero ¿por qué se lo has preguntado?

—No lo sé. Estaba convencida de que me diría que no.

—Algunas cosas es mejor no preguntarlas, a menos que se esté completamente seguro de querer saber la respuesta.

—Sí, supongo que sí. Pero yo creía que sabía la respuesta. Estoy muy triste.

—Bueno, intenta pasarlo lo mejor posible el tiempo que te queda. Iré a recogerte al aeropuerto e intentaremos reírnos un poco de todo esto. ¿Vale? Hasta luego.

Y colgó. Ginebra tuvo que hacer un gran esfuerzo para no echarse a llorar. «Ni siquiera me apetece ir de tiendas», pensó.

A media mañana la llamó Norman para invitarla a almorzar en un restaurante de Regent's Park que les encantaba. Ginebra aceptó, sin saber si iba a ir o no. Aún faltaba un rato para la hora de la cita. Fue a la Nacional Gallery, se sentó en la barra del bar y se tomó dos vasos de vino blanco, mientras fingía leer un libro. Después se dirigió, un poco mareada, al restaurante.

Norman ya la esperaba, sentado, buscándola con la mirada, con su cara de pájaro bueno. Ginebra le sonrió.

—Temía que no vinieses —dijo él.

—¿Por qué no iba a venir, si te dije que vendría?

—Me alegro de que estés aquí.

—Yo también.

Ginebra bajó la mirada. Norman le pidió una copa. Trajeron el primer plato. El inglés le habló de una obra que le habían encargado en Edimburgo y que le obligaría a viajar allí bastante a menudo.

—¿Has estado en Escocia? —le preguntó.

—Sí —contestó Ginebra, y sonrió.

«No puedo mirarle. Es imposible. Si le miro, me echaré a llorar», pensó. Bebió más. Había salido el sol, el parque estaba maravilloso. Alrededor de un estanque con cisnes correteaban unos niños. Parecía que en cualquier momento iba a aparecer Mary Poppins. Respiró hondo. Le miró. Norman le dirigía una sonrisa amable, tan amable como el paisaje, como los Matisse. Volvió a sentir el puñetazo en el estómago. Se consideró engañada y traicionada. El dolor se transformó en rabia. Y luego, de pronto, reinó una calma total. Miró al inglés como si no le conociese.

—No puedo creer que te folles a tu mujer después de llevar veinticinco años casado con ella. Es la mayor perversión que he oído nunca.

El inglés rio. Estaba loco por Ginebra. Había llegado a quererla mucho.

—Querida, ¿quieres dejar de decir «follar», por favor? Sabes que es una palabra que no me gusta. Prefiero «hacer el amor».

—Eres un cursi, hay que ser muy cursi para seguirse follando a la propia mujer después de veinticinco años. Y ¿por qué no te follas a una de tus cinco secretarias, en lugar de follarme a mí? Te resultaría mucho más cómodo. ¿O te parecen feas? —Miró a su alrededor, hombres y mujeres elegantes hablando en voz baja, la mayoría debía de tratarse de almuerzos de negocios—. Claro, las inglesas son feas, tienes razón. En este país sólo hay dos o tres mujeres guapas.

Norman hizo una mueca de dolor y de sorpresa. «La expresión de alguien que ha sido herido pocas veces a lo largo de su vida y que no esperaba serlo en este momento», se dijo Ginebra. «Como yo antes.» Volvió a ver a un niño larguirucho y torpe, de nariz aguileña, desprotegido y atónito, la boca abierta, los ojos más transparentes y líquidos que nunca. Un niño que no entendía lo que le estaba ocurriendo. «En realidad, no es ni guapo», pensó Ginebra. Y no sintió piedad. Le vio desde muy lejos y le pareció un tipo despreciable y estúpido. Le odiaba con tanta fuerza como le había querido en otros momentos.

—No, las inglesas no son feas —dijo Norman muy bajo.

—Y además gordas. Y tú odias a las mujeres gordas. Aunque tu mujer también debe de estarlo. En fin, ¿qué se puede esperar de una mujer de cincuenta años?

Se estaba comportando como una salvaje —como la salvaje que su madre siempre decía que era—, y lo sabía, pero no podía detenerse, quería despeñarse por el precipicio, arrasándolo todo a su paso.

—¿Y ese gesto repulsivo que haces a veces? —siguió—. Masajear los lóbulos de las orejas. También se lo haces a ella, ¿verdad? Para que se relaje y se deje follar. ¿Qué es? ¿Una técnica india de relajación? Pues bien, es asqueroso.

Quedó callada un momento. No había tocado el segundo plato.

—Si no se tratara de ti —dijo Norman—, me levantaría y me largaría de aquí ahora mismo. En realidad lo habría hecho hace rato.

Pidió la cuenta.

—Pero Norman, quiero otro cóctel, por favor, y el postre.

—Me parece que ya has bebido suficiente.

El inglés pagó la cuenta y se levantaron. Le acompañó hasta su bicicleta. Era cierto que estaba borracha, se empezaba a encontrar mal de verdad, le dolía la cabeza.

«No me quiero quedar sola», pensó. «No quiero vomitar en un taxi inglés camino del aeropuerto. Es horrible estar sola y triste en público. Pero ¿qué más da? ¿Qué más da ya todo?»

Se quedaron mirándose un instante sin saber qué decir. Norman la besó muy levemente en los labios, le dijo adiós y desapareció pedaleando entre los coches.

Despertó al sentir el impacto del avión al tomar tierra. Manue, tal como le había dicho, la estaba esperando. Con sus bermudas tejanas y sus rodillas huesudas de jirafa bebé, con su camiseta con el logotipo del zoo y su melena castaña a lo paje.

«La buena y leal Manue, tan distinta a mí, tan segura en sus afectos», pensó Ginebra al distinguirla entre la multitud. Sobrepasaba una cabeza a todos los que la rodeaban, también la había visto, y le sonreía.

—Vamos a casa a descansar, querida —le dijo, pasándole un brazo por encima de los hombros, cuando Ginebra llegó hasta ella y no pudo retener las lágrimas—. Cuéntame lo que te ha hecho ese pobre hombre malvado y lo que tú le has hecho a él.

Se metieron en el coche y hablaron sin parar hasta llegar a casa. Allí, Manue preparó una ensalada, una tarta de tomate y cebolla con albahaca, y abrió una botella de vino tinto.

—Creo que no volveré a beber vino nunca más en mi vida —declaró Ginebra—. No puedes ni imaginar las cosas tan horribles que le he dicho. De verdad. Me volví loca. ¡Qué desastre!

—No le des demasiada importancia. Hay momentos en que todos perdemos los estribos y decimos cosas que no pensamos.

—No estoy segura de que no las pensara. De todos modos, da lo mismo. Se acabó. No voy a seguir acostándome con un tipo que folla a la vez conmigo y con una esposa vieja y gorda. —Se pasó una mano por la nuca—. Me duele todo el cuerpo como si me hubieran dado una paliza.

—A lo mejor no está gorda, y tú también serás vieja un día.

—Sí, supongo que sí.

Siguieron comiendo en silencio. Al acabar, Ginebra se levantó y besó a su amiga.

—Me voy a la cama. Muchas gracias por todo. No sé qué haría sin ti.

—Voy a quedarme un rato leyendo aquí abajo. Si me necesitas, llámame. Mañana temprano me iré con Guillermo.

Ginebra volvió a darle las gracias y empezó a marcharse, pero al llegar a la puerta de la cocina dio media vuelta. Manue ya estaba inclinada sobre su libro.

—Perdona, ¿puedo hacerte una pregunta?

—Sí, claro.

—¿Qué hay entre tú y Guillermo después de todos estos años?

Manue se quitó las gafas, quedó callada un momento, suspiró.

—Supongo que hay todas esas cosas que tú no

quieres: la intimidad, la confianza, lo cotidiano, lo real, la presencia, el apoyo.

—Ya. Pero ¿y si resulta que ahora sí las quiero?

—Entonces quizá te estás equivocando de camino.

Ginebra sintió que se iba a echar a llorar otra vez.

—Anda, vete a dormir.

—Sí, buenas noches, Manue.

Al día siguiente despertó con fiebre y tiritando, a pesar del bochorno que empezaba a reinar en la ciudad. Pasó cinco días en cama, acurrucada bajo las sábanas, sola casi todo el tiempo y sin contestar al teléfono. Esperó en vano una llamada o un mensaje de Norman, sin que se le ocurriera ni por un momento que tal vez fuera ella la que debería dar señales de vida y ponerse en contacto con él. Había momentos en que volvía a sentir con violencia el puñetazo en el estómago y casi no podía respirar, y se preguntaba desesperada cuánto tiempo tardaría en desaparecer este dolor. Echaba muchísimo de menos al inglés. No dejamos de querer a la gente cuando nos lo proponemos, el amor no termina cuando lo deseamos, termina un buen día, lo deseemos o no, y termina entonces de forma inevitable. Es un empeño inútil proponerse dejar de amar o proponerse seguir amando.

En cuanto se encontró mejor fue a visitar a Ofelia, que estaba a punto de marcharse de vacaciones y le había dejado un montón de mensajes desesperados. Se puso un vestido corto, como de muñeca, de seda adamascada, con las mangas y la falda abullonadas, y sus viejas alpargatas de todos los veranos, se recogió el pelo en una coleta y se subió a la moto. Sintió el aire cálido acariciarle las piernas, los brazos. «Quizá sí, algún día, dentro de mucho tiempo, volveré a ser feliz», pensó Ginebra, y aceleró.

—¡Ginebra! ¡Qué vestido tan bonito!

Ofelia hizo amago de darle un beso en cada mejilla y los besos se perdieron como siempre en el aire.

—¡Gracias! Es un poco loco pero me hizo gracia. He pensado que te gustaría. Me lo he puesto especialmente para ti.

—Me gusta mucho. Estás guapa, un poco delgada quizá. Me dijo Enrico que estabas enferma. Ven. Siéntate. ¿Te encuentras mejor? ¿Cómo va todo? Necesito que me ayudes. Ya no sé qué ponerme. La situación es gravísima.

En realidad, Ofelia Verdi era una de las mujeres mejor vestidas de la ciudad y, a sus setenta y cuatro años, estaba maravillosa. El cabello pelirrojo resplandecía al sol y el traje de chaqueta de seda cruda hacía resaltar la perfección de su piel transparente y azul —se podían seguir las venas finísimas por todo su cuerpo, como en un mapa de ríos— y el azul de sus pequeños ojos maquiavélicos. Iba descalza, con las uñas de los pies pintadas de negro.

Se sentaron en el viejo sofá de cuero marrón. Delante, en la mesita baja, había una jarra de limonada

recién hecha. Ofelia sirvió dos vasos y le tendió uno a
Ginebra.

—Gracias. Sí, sí, estoy bien. Un poco cansada quizás. Y un poco desesperada. He roto con Norman.

—¡Vaya! ¿Qué ha pasado?

—Me dijo que se acostaba con su mujer.

Ofelia se la quedó mirando unos segundos, con
cara de incredulidad, y acto seguido se echó a reír a
carcajadas. Intentó hablar pero se atragantó y se puso
a toser. Ginebra, convencida de que lo que acababa de
contar era algo horrible, en absoluto divertido, pensó
que no la había entendido bien. Cuando por fin se
recuperó y pudo hablar, Ofelia dijo:

—Pero, criatura, al margen de las necesidades físi-
cas de cada uno, acostarse con el marido, o con la
mujer, es cuestión de cortesía, de buena educación.
Seguro que contigo es totalmente diferente.

—¿Cuestión de cortesía irse a la cama con alguien?

Ofelia se echó a reír de nuevo.

—¿Cómo puedes ser tan ingenua para algunas cosas, y tan lista y retorcida para otras?

—No lo sé, le dije cosas horribles. Le dije que su
mujer debía de ser gorda y fea, como todas las inglesas. Nunca me lo perdonará.

Ofelia se volvió a atragantar con la limonada, unas
gotitas le mancharon la chaqueta. Siguió riendo.

—¡Pobre hombre!

—¿Tú crees?

—Yo creo que se merece una disculpa.

—Pero ¿y yo? Estoy muy mal, Ofelia, muy mal. Me ha roto el corazón. —Esta vez se echaron a reír las dos. Un instante después, Ginebra se volvió a poner seria—: De verdad —añadió.

—Mira, querida, me parece que no estamos hablando aquí de amor, sino de amor propio herido. Si Norman fuera un hombre libre, ¿estarías dispuesta a pasar el resto de tu vida con él?

—Sí, no, no lo sé. Toda la vida es mucho tiempo. Pero da igual, el hecho es que está casado.

—Entonces, deja las cosas como están. El mundo está lleno de hombres.

—Pero estoy enamorada de éste, te lo juro.

Ofelia le dio unas palmaditas en la mano.

—Ya lo sé, pequeña, ya lo sé. Todo está bien, no te preocupes. Estas tonterías, una historia con un hombre casado, una historia con otra mujer, es mejor vivirlas cuando se es joven como tú. Después es mucho más complicado. Así, a partir de los treinta, una se puede ocupar de tener hijos y de otras cosas importantes.

Ginebra hubiera querido explicarle a Ofelia lo que sentía realmente por Norman. Lo que sentía a ratos, como mínimo. Desde la muerte de sus padres, el amor nunca había sido para ella un sentimiento estable. Su fuerza no dependía de su estabilidad. A ratos pensaba que no podría ser feliz sin él, que no volvería a enamorarse nunca más. La pena la dejaba sin aliento.

Salió corriendo de la casa de Ofelia. Tenía prisa por mandarle un mensaje a Norman, disculpándose. En la puerta se encontró con Pablo. Hacía tiempo que no le veía. Seguía tan guapo como siempre. Ginebra se alegró de haberse puesto aquel vestido. Recordó la cena en casa de Ofelia, donde había conocido al inglés. Hacía apenas un año, pero parecía que hubiese pasado mucho más tiempo.

—¡Ginebra! ¡Qué sorpresa! ¿Cómo estás?

—Bien. ¿Y tú?

—A punto de irme a Nueva York.

—¡Qué suerte! ¡Nueva York!

Se miraron. Los dos sonreían. Era raro encontrarse a solas.

—¿Por qué no vienes? Les daríamos de comer a los patos en Central Park.

—Me encantaría, pero no puedo. Quizás en otra ocasión, más adelante.

Pareció que Pablo fuera a decir algo, pero se retuvo.

—De acuerdo. Adiós, pequeña. Cuídate mucho.

—Pablo, ¿hay patos en Central Park?

—Seguro que sí.

Norman contestó inmediatamente a su mensaje. Le dijo que no tenía por qué disculparse, que le hacía feliz recibir noticias suyas y que claro que la seguía queriendo. Iba a estar casi todo el mes de agosto de vacaciones con su familia y no podrían hablarse por teléfono, pero volverían a verse en cuanto él regresase a Londres.

Ginebra decidió irse a París a casa de una amiga, pasarían dos semanas en la ciudad y después alquilarían un coche y harían turismo por los alrededores. Se marchó feliz. Durante estas semanas volvieron a enviarse un montón de mensajes apasionados, quizá más apasionados que nunca. Ginebra sentía que vivía dos vidas: la real y la que pasaba a través del móvil. No sabía con certeza cuál le importaba más, ni cuál la hacía más feliz.

Regresó a Barcelona a finales de agosto. Casi todo el mundo terminaba ya sus vacaciones, y la ciudad se sumergía lenta y perezosa en el ritmo de trabajo habitual. También Norman regresó a Londres. Decidieron encontrarse diez días más tarde. Ninguno de los dos podía esperar más. Esta vez lo harían bien: él reservaría la habitación de siempre en el hotel de siempre. Todo sería perfecto. Ginebra estaba muy nerviosa y los días anteriores al viaje durmió mal. Tenía prisa por volver a estar en brazos de Norman, por borrar todo rastro de lo sucedido en la visita anterior.

Llegó a Londres al mediodía. Fueron dos días maravillosos, agotadores. No hubo sorpresas: conocían la coreografía a la perfección, querían que saliese bien, empezaban a conocerse.

La última noche fueron al cine. Discutieron mucho —lo hacían siempre y en el fondo era un juego— qué película irían a ver. Ginebra quería una comedia, y Norman un drama que le había gustado mucho a su hija, sobre el amor imposible de dos vaqueros homosexuales en la América profunda de los años cincuenta. Acabó cediendo Ginebra. En realidad le daba lo mismo una película que otra. La sala estaba abarrotada. Entraron cuando ya estaba a oscuras y se sentaron muy atrás, porque siempre corrían el riesgo de que hubiera algún conocido de Norman entre el público. No se tocaron durante toda la proyección.

A Ginebra no le pareció una película redonda, ni excesivamente interesante. Había algo en el guión que no terminaba de encajar. A él le gustó mucho. Ginebra opinó que no se trataba realmente de una historia de amor —que era obviamente lo que el director había pretendido—, ya que uno de los dos protagonistas no estaba dispuesto a pagar el precio, no estaba dispuesto a arriesgarse, se comportaba como un cobarde.

—Y un cobarde no vivirá nunca una gran historia de amor.

—Para mí sí es una historia de amor —dijo Norman.

—Una historia de amor es *King Kong*, es *Romeo y Julieta*.

—Yo creo que esta película es nuestra historia, somos nosotros.

Estaban caminando por Oxford Street y quedaron los dos en silencio un momento.

—No —dijo Ginebra—, no es mi historia. Yo quiero *King Kong*, no esto.

Se sentaron a cenar en una terraza. De repente, Ginebra volvió a sentirse triste y cansada. Lo que hacía unas horas parecía fácil —estar con el hombre con quien quería estar— volvía a ser complicado. De nuevo avanzaba a oscuras sabiendo que nadie la iba a coger de la mano para guiarla. Ya no tenía hambre.

—Antes de venir a Londres —dijo—, tuve dos sueños en los que aparecía tu mujer. No suelo recordar los sueños y me parece una falta de educación contarlos, porque no le interesan a nadie. Pero, ¿quieres que te los cuente?

—Sí, claro.

Norman se alegró de que Ginebra volviera a hablarle y a mirarle. A veces sus silencios eran interminables, y él no sabía qué hacer.

—En el primero estamos los tres en el salón de

vuestra casa. Es de día. Tu mujer es rubia y mona, agradable. Lleva unos zapatos de salón beiges con flores diminutas, de tacón muy fino y no muy alto. No me gustan, son muy cursis, pero, por decir algo, le digo que son preciosos. Ella me sonríe y dice: «Son tuyos, te los regalo, seguro que te quedarán muy bien.» Yo le digo que no, que muchas gracias, pero que no los quiero. Insiste. Le digo que no son de mi número, que seguro que me irán grandes. No los quiero. Se los quita, me los da. Tú dices que no me preocupe, que irás a buscar celo y esparadrapo para sujetármelos a los pies y que no se me caigan. Vuelves con el esparadrapo. Has envejecido veinte años y pareces enfermo. Te pregunto qué te pasa. Tengo los zapatos puestos. No me quedan tan grandes como imaginaba, pero no puedo llevarlos. Me provocan ahogo, no me gustan. De repente me quedo sola. Me quito frenéticamente los zapatos y las medias. Me quiero arrancar toda la ropa. Entonces reaparece tu mujer, me mira con cara de pena y me dice. «Oh, te los has vuelto a quitar...» Y me despierto.

Norman estaba muy pálido.

—¿Y el otro sueño?

—En el otro sueño estamos en una habitación de hotel. Tú te estás duchando, yo estoy en la cama esperándote. Es una cama muy grande. De golpe se abre la puerta del baño y apareces tú, con una toalla enrollada a la cintura. Detrás de ti está tu mujer. Es morena y alta, guapa. También va envuelta en una toalla. Me pregunta qué hago yo allí. Dice que aquélla no es mi habitación, que obviamente me he equivocado. Le digo que sí, que es cierto, que ocupo una habitación equivocada, que lo siento. De repente ya no estoy en la cama grande. Estoy al lado, en una cama pequeña, como de niño. Tu mujer me dice que ha sacado toda mi ropa de la habitación, que supone que no me importa. Le digo que no, que está bien, que no se preocupe. Tú me miras con una pena infinita, pero no dices nada. Y me despierto.

Ginebra había contado los sueños sin mirarle. Al acabar, le miró con una sonrisa.

—Son sólo sueños. Tonterías.

—No, éstos no son tonterías. Son horribles.

—¿Tú crees? Quizá no hubiese debido contártelos.

—No, no. Has hecho bien.

Habían terminado de cenar, estaban al lado del hotel. Norman la acompañó. Era muy tarde y no subió con ella a la habitación.

A la mañana siguiente, cuando el inglés llamó a la puerta, Ginebra llevaba ya rato despierta, esperándole. Se marchaba al cabo de unas horas y éstos iban a ser sus últimos momentos de intimidad hasta un mes más tarde. Se abrazaron en silencio y segundos después ya estaban en la cama. Luego desayunaron. Ginebra se sentía feliz. Iría de compras, almorzarían juntos. Todo había ido muy bien. Le quería, estaba segura de que le quería.

—Ginebra, me parece que no podemos seguir así.
—Norman la miraba, le acarició el pelo—. He pasado toda la noche despierto, preguntándome si tendría valor para decirte esto. Te quiero, te quiero y te deseo —metió una mano debajo de la sábana y le acarició la pierna—, pero todavía deseo más que seas feliz.

Se quedó callado, mirándola.

—Pero si soy feliz…

—Me parece que lo que tú quieres no es esto, aunque digas que sí. Lo tenemos que pensar, ¿no crees?

—Sí, no sé. Yo te quiero y tú dijiste que nunca me dejarías.

—No te estoy dejando.

—Pues, ¿qué me estás diciendo? No entiendo nada.

—Te adoro, pero no se puede mantener a nadie atado, eres libre y has de tener tu propia vida.

—Tengo mi propia vida. Mi trabajo, mis amigos, mis cosas.

—Quizás sí. Por favor, no pongas esa cara tan triste.

Quedaron en silencio. Norman miró su reloj, siempre estaba pendiente del reloj.

—Me tengo que marchar. Se ha hecho tardísimo.

—Muy bien. Adiós.

Norman intentó besarla y Ginebra le apartó la cara.

—Te quiero —dijo el inglés muy bajito.

Hizo la maleta muy despacio. Le parecía que si se movía con rapidez o hacía un movimiento brusco, se iba a romper en mil pedazos. No quería volver a ver a Norman. Le envió un mensaje diciéndole que se iba al aeropuerto y que ya hablarían más adelante. Fue paseando hasta la National Gallery y estuvo mucho rato delante del retrato de Hendrickje Stoffels. A lo largo de los años había pasado muchas horas delante de aquel cuadro. Le recordaba a Marisa, su niñera. Cada vez que estaba en Londres la iba a visitar y le contaba cosas en silencio. Le parecía que Rembrandt había plasmado la imagen de una mujer buena que entendía el secreto del mundo, y que, con su media sonrisa, le decía a ella que no sufriese, que en realidad todo estaba en orden: «Esto le ha pasado a todo el mundo, no te preocupes...»

Al mediodía la llamó Norman. Ginebra le dijo que estaba en el aeropuerto, pero no la creyó e insistió hasta que ella le dijo dónde estaba y accedió a almorzar con él en la cafetería del museo.

—¿Por qué has querido verme? ¿Para qué? —le preguntó Ginebra cuando se encontraron—. Es absurdo. No va a cambiar nada.

Norman sonrió.

—Te he querido ver porque me gusta verte... eres muy guapa.

—¿Y qué? Has roto conmigo esta mañana.

—No he roto contigo, Ginebra. Me has entendido mal. Por favor, deja que te lo explique. Por mí seguiríamos así para siempre. Pero no estoy seguro de que sea lo mejor para ti, de que sea eso lo que en el fondo quieres.

Fue un almuerzo triste. La cafetería era fea y ruidosa, y estaba llena. La comida les pareció mala y estaba medio fría. Se esforzaban penosamente por mantener una aparente normalidad, pero ninguno de los dos podía consolar o ayudar al otro, y lo sabían. No quedaba mucho que decir. La historia había concluido su círculo.

«Ya está, parece mentira, pero ya está», pensó Ginebra. Al levantarse notó que le temblaban un poco las piernas. «Qué extraño será todo sin Norman.»

Se separaron a la puerta del museo. Ginebra echó a andar por la calle. Mientras se alejaba sabía —como lo había sabido aquella primera vez que le fue a ver a su despacho— que Norman la seguía con la mirada, pero no tuvo el valor de girarse. Ni siquiera habían sido capaces de decirse adiós de verdad. Se despidió de la ciudad. Londres seguía siendo maravilloso, pero ya no volvería a ser igual. Quizás ella tampoco.

Regresó a Barcelona.

Dos semanas después entró en casa y le dijo a Manue:

—Hoy he conocido a alguien.